فريج بن درهم

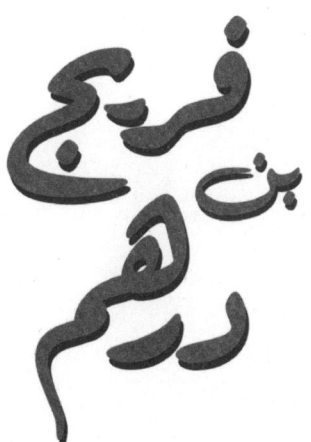

رواية

فريج بن درهم

كلثم جبر الكواري

دار جامعة حمد بن خليفة للنشر
HAMAD BIN KHALIFA UNIVERSITY PRESS

دار جامعة حمد بن خليفة للنشر
صندوق بريد 5825
الدوحة، دولة قطر

www.hbkupress.com

جميع الحقوق محفوظة.

لا يجوز استخدام أو إعادة طباعة أي جزء من هذا الكتاب بأي طريقة دون الحصول على الموافقة الخطية من الناشر باستثناء حالة الاقتباسات المختصرة التي تتجسد في الدراسات النقدية أو المراجعات.

إن الآراء الواردة في هذا الكتاب لا تعبر بالضرورة عن رأي الناشر.

الطبعة العربية الأولى عام 2023

الترقيم الدولي: 9789927161902

تمت الطباعة في بيروت-لبنان.

مكتبة قطر الوطنية بيانات الفهرسة – أثناء – النشر (فان)

الكواري، كلثم جبر، مؤلف.

فريج بن درهم : رواية / كلثم جبر الكواري. - الطبعة العربية الأولى. - الدوحة، دولة قطر : دار جامعة حمد بن خليفة للنشر، 2023.

180 صفحة ؛ 22 سم

تدمك 978-992-716-190-2

1. القصص العربية -- قطر. 2. الروايات. أ. العنوان.

PJ7942.A937 F37 2023

892.737– dc23

202328645157

المحتويات

إهداء	7
الفصل الأول	9
الفصل الثاني	49
الفصل الثالث	73
الفصل الرابع	97
الفصل الخامس	121
الفصل السادس	135
الفصل السابع	155

شخصيات هذه الرواية من وحي الخيال، وما فيها من تطابق أو تشابه بينها وبين الواقع... هو من قبيل الصدفة.

إهداء

إلى القراء الأعزاء
الذين تابعوا تفاصيل هذه
الرواية على تويتر وأسعدوني
بملاحظاتهم وتعليقاتهم،
أهديها لهم مع التحية.

الفصل الأول

بداية

تمضي السنوات سراعًا، بينما تختزن الذاكرة أحداث سنوات البدايات الجميلة، التي أسست لحياة جيل لم يعرف من الحياة سوى جانبها المشرق في علاقاته الإنسانية، عندما يفرح الإنسان لفرح أخيه الإنسان ويتألم لألمه، ويشاركه في سراء الحياة وضرائها، تلك سنوات الخصب التي تترك في النفوس انطباعات صادقة عن كل ما يجري في الحي حتى سابع جار وأكثر، عندما تفتحت زهور الطموح ونشطت خطوات السعي لتأسيس قواعد النهضة، وتعمقت رغبات الوصول لدرجة متقدمة في مضامير الحياة، وفق رؤية متأنية وحكيمة راعت التقاليد، وانغمست في تأصيل قيم الحداثة وسط مجتمع يعتز بانتمائه القبلي، ويسعى حثيثًا لتطويعه حتى يستطيع قبول تلك الحداثة والانسجام مع تفاصيلها الدقيقة والمدهشة، والاستفادة من الوفرة الاقتصادية بما جلبته من رفاهية اعترتها بعض العثرات المتوقعة من أناس لم يستوعبوا الصدمة التي أحدثتها تلك الوفرة الاقتصادية، مما أحدث شرخًا في العلاقات بين بعض الفئات وفئات أخرى من المجتمع تعودت على بساطة الحياة وتلقائيتها، وألقى الزمن الجديد بظلاله على المكان بظرفه الجغرافي، ليصبح الفريج حاضنًا لأحداث كثيرة كان ميدانَها في الماضي بعيدًا عن صخب المدينة، وفي آفاق مفتوحة كالصحراء أو البحر، وكلاهما أثَّرا في أحداث حقب من الزمن لا تنسى، حتى تحققت الحياة المدنية بمظهرها الحديث.

في المدينة نشأت الأحياء التي سميت «الفرجان» وكل فريج له أهله الذين حافظوا طويلًا على ما توارثوه من القيم والتقاليد التي توثق العلاقات

بين سكان الفريج، وتحكم بينهم بالكرم والنخوة، والتعاون على مواجهة الأخطار ما خفي منها وما بطن، وفي الفريج حياة تبرز ملامح المجتمع بما له وما عليه.

الفريج، هل هو كائن حي؟

هذا السؤال يداهمني أحيانًا عندما أشاهد هذا الحراك البشري الذي يملأ منافذ الحياة في أرجاء فريج بن درهم، وهذا التنوع في طبيعة البشر وأصولهم التي لم تجلب لهم التنافر بقدر ما جلبت لهم التآلف والمحبة ليكونوا دائمًا يدًا واحدة فيما بينهم.

ولكن هل يتشابه فريج بن درهم مع غيره من الفرجان؟

أم أن لكل فريج ملامحه الخاصة المتناغمة مع ثقافة أفراده ووسائل العيش لديهم؟

سؤال تصعب الإجابة عنه في خضم التطور السريع بهذه المدينة!

لا شك أن عبقرية المكان تدفعك للانبهار به ما دام يحمل جزءًا منك، من ذكرياتك وأحلامك وأمانيك، من ماضيك وحاضرك، وملامح مستقبلك الذي ترسمه على أديم خيالك الجامح، وأنت تتلمس طريقك نحو الآتي، فاتحًا رئتيك لنسائم الحاضر، وذراعيك لآمال لم تزل بظهر الغيب. فلا عجب أن تنظر إلى الفريج الذي تنتمي إليه بِوَلَه العاشق الذي يتوق للجذور أكثر، كلما ابتعد عنها.

لا يتميَّز فريج بن درهم في حيويته فقط، ولكن فيما يمور في نفوس سكانه من مشاعر، وما يجري على أرضه من أحداث، وما يحمله من ملامح تنبض بالحياة، وحتى في اللحظات التي يخيل فيها للناس أن الهدوء عم الكون في الليالي الحالكة والساكنة دون نسمة هواء... يظل صخب المشاعر قائمًا وعلى أشده خلف الجدران، وفوق السطوح، وفي كل فِناء مفتوح

يلتحف السماء ويفترش الأحلام المستحيلة بين سدرة هنا، ونخلة صامدة أمام عاديات الزمان هناك، وهمس يناجي فيه الخل خليلته، وتهويدة تهدهد فيها الأم رضيعها، وأمنية تحلم فيها الفتاة بفتى أحلامها، وطموح يرى فيه الفتى مستقبله مزهرًا بالأماني الطيبة.

ربما بدا الفريج للآخرين صامتًا بينما صرخات الحياة تسري في دروبه المتشعبة، باحثة عن أمل جديد وحياة جديدة ومستقبل واعد، وإن كان هناك من يراه متخمًا بالفوضى، وغارقًا في الرتابة رغم التناقض بين الحالتين، لكني أراه متحفزًا لسباق مع الحياة يضمن له التخلي عن الفوضى، واليقظة من الرتابة، وبذلك يكتسب وجهًا آخر ربما لا يتوفر في فريج آخر. وجه له ملامحه وعلاماته وبصمته المميزة.

لكي تكتشف ملامح هذا الوجه... لا بد أن تكون أحد مكوناته، أي أن تكون أحد من عاشوا في فريج بن درهم، وأسهموا في صنع نكهته الخاصة، ورائحته الفريدة، ولونه الساحر، سواء كنت سيد قومك، أو سائق تاكسي، أو صاحب دكان رمته الحياة للعيش في رحاب فريج بن درهم، وسواء كنتِ ربة بيت، أو مدرِّسة، أو طالبة همها تدبير المقالب في مدرِّستها، أو عاملة منزلية ترى نفسها أكثر جدارة من غيرها بالتحكم في شؤون المنزل.

الكل يضع بصمته في تكوين لوحة رشيقة الألوان اسمها فريج بن درهم، وهنا الإعجاز... أن تتناغم كل الأطياف سواء كانت تلك القادمة من الصحراء، أو التي لونتها شمس البحر بسمرة واضحة، أو التي رماها القدر من بلاد بعيدة بعد أن اغتسلت بمياه نهر الغانغ، أو التي تاهت في شواطئ فارس، أو التي ودعتها مدن الباتان، وجابت بها الأقدار بلدانًا أخرى لتستقر في هذا المكان النائي عن موطنها الأصلي.

سر جمال هذه اللوحة يكمن في تناسق ألوانها، وإن أوحت للوهلة الأولى بتنافر هذه الألوان، فإذا اعتاد عليها النظر برزت ملامح جمالها لتسر الناظرين.

فريج بن درهم وحده يملك سر جماله الآسر، وسر ألقه البارز في الوجوه، التي تكابد معاناة الحياة أو تتلذذ بنعيمها، وفي التصرفات المتأرجحة بين ماضٍ عريق، وحاضر منفتح على كل الدنيا، وهو في النهاية هو جزء من روضة الخيل التي تمتد على مساحة كبيرة تفرع منها أكثر من فريج، يُمثل وجهًا مشرقًا من وجوه المدينة الجميلة، وقد لبس ثوبًا قشيبًا من المباني الجديدة والأنيقة.

❋❋❋

رسالة منتصف الليل

عندما عدت هذا المساء لم أكن مهيأة لما كان ينتظرني، وقبل أن أدير المفتاح في قفل باب الشقة الصغيرة التي أقطنها بالقرب من الجامعة، في إحدى ضواحي مدينة «آن آربر» الهادئة، إحدى مدن ميشيغان، التي يقال إن اسمها أخذ من اسمي زوجتي مؤسس المدينة: جون ألن وإليشا رمزي، فكل واحدة من الزوجتين كان اسمها «آن». وجدت صندوقًا يحمل طابعًا إنجليزيًّا بجانب عتبة الباب، حركته بطرف حذائي، وتركته لأختلس النظر حولي إن كان هناك شخص تركه في المكان... لم يكن ثمة أحد، خمنت أن ساعي البريد هو من أتى به. دفعته إلى الداخل بقدمي، علقت المعطف وقبعة رأسي الصوفية وحقيبة كتبي على المشجب المتواري خلف الباب، جثوت على ركبتي أفضُّ الغلاف البلاستيكي، ولا زلت أنشد الدفء من برودة الطقس، بعد أن انهال رذاذ الثلج بكثافة هذا المساء. مطلقًا لم أكن أتوقع أن يحمل هذا الصندوق اسم صالحة، رفيقة الطفولة والشباب والذكريات الجميلة. لبُعد المسافة بيننا زمانًا ومكانًا، فكان وقعها على قلبي كالغيث الذي يروي عطش الأرض اليباب.

***

أ - من رسالة صالحة:

(صديقتي فرحة... أتمنى أنك قد وصلت إلى أمريكا بالسلامة، وقد حققت ما كنت دومًا تتمنين. أحتاجك بشدة، إن كان الوقت حسب مدينتك ليلًا لا تكملي قراءة بقية الرسالة، اتركيها حتى تشرق شمس الغد،

ستجدين في الصندوق القبعة التي طالما تدفأت بها حينما ينتشر البرد حولي، وتصطك منه أسناني، ويتوغل في أوردتي، ويرتعش منه بدني كريشة في مهب الريح، وقد كان من الضروري أن أواصل ارتداءها طوال تلك السنوات، منذ أن نسجتها أصابعك في حصة التدبير المنزلي حينما كنا في المدرسة الإعدادية، وطلبت مني أن أخفي بها البقعة البيضاء التي بدوت معها مثل حمار وحشي، مما جعلني مثار سخرية الطالبات. أما الطبيب فقد أشار إلى تلك البقعة التي تربعت كبدر مكتمل وسط رأسي على أنها مرض جلدي يُدعى «الثعلبة»، وبدا التناقض واضحًا بين بياضها وسواد بشرتي، وهو أمر ليس لي فيه حيلة. ظللت أنظر إلى خطوط هذه القبعة الملونة خلال تلك السنوات بالشغف ذاته والاهتمام نفسه، منذ اليوم الأول الذي أحكمت فيه ربط خيوطها الصوفية حول أذنيَّ، حتى بعد تلك السنوات حينما غدت باهتة الألوان متسخة، لم أستطع التنازل عنها، ستجدين فيها رائحة الذكريات التي جمعتنا منذ بواكير العمر، والأغرب من ذلك أنه كلما استطال عظم رأسي وكبر معه حجم جمجمتي، تمدد معه نسيج هذه القبعة بدلًا من أن تنكمش خيوطه، غير مبالٍ بعدد السنوات الراكضة من عمري، فأنغمر كليًّا في دفئها، وكأنك حينما غزلت نسيجها كنت تُدركين أنها في خاتمة المطاف ستؤول إليكِ. أعيدها لتذكركِ بماضٍ لا أريد أن أنساه).

تحت وطأة الوحدة والبرد تساءلت: هل فكرتُ فعلًا أن هذه القبعة ستؤول إليَّ بعد كل هذه السنين؟

***

ب - من رسالة صالحة:

(ستبلغ أختي زليخة الرابعة من العمر، وهي تتحدث اللغة الإنجليزية بطلاقة، وستتخرج في الروضة هذا الصيف، لتلتحق بالمدرسة الابتدائية،

وبفضل نفوذ الشيخ الذي كان والدي يعمل لديه، وكذلك امتداد نفوذ عائلة زوجي محمد ولد شيخة، فإننا لا زلنا هنا في بريطانيا على نفقة الحكومة لعلاج أمي وزوجي، ولا أخفيك سرًّا فإنني مشتاقة للعودة، إذ أصبحت الحياة هنا صعبة، لكن هل يفرحك معرفة أني حامل؟)

✳✳✳

جـ - من رسالة صالحة:

(كان زواجي من ولد شيخة هادئًا مفعمًا بالبهجة، في بدايته، وما هي إلا شهور حتى تبدى لي منه وجه آخر، فقد بدأ يتذمر من كل شيء، خاصة عندما تشتد عليه حالات المرض التي تصل أحيانًا لدرجة الدخول في نوبة توتر، تدخلني في دائرة الرعب خوفًا عليه من نتائجها، فإذا استعاد وعيه انتابه غضب فجائي فترة من الزمن ثم يعود إلى تذمره وشكواه من كل شيء، وما بين الاهتمام به والاهتمام بأمي والعناية بزليخة يضيع الوقت ويضيع الصبر وأحاول أن أتمالك أعصابي خاضعة لقضاء الله وقدره).

✳✳✳

د - من رسالة صالحة:

(زاد تمسكي بزوجي عندما شعرت بأعراض الحمل، وتصورت أن ذلك سيدعوه إلى الهدوء، والتعامل معي بالحسنى، لكنه لم يفرح، بل كان يقول إن حملي سيشغلني عنه، وعندما بدأ الجنين يرفس بقدمه تمادى زوجي في ظنونه، وأخذ يوجه لي لكمات كنت أتحاشاها قدر الإمكان، ولعل ما يشفع له هو أنه يتصرف تحت تأثير مرض نفسي، لا أعرف كنهه، بدليل أنه يمر بحالات يكون فيها أكثر مودة وحنانًا، لكنها حالات نادرة إذا ما قورنت بحالات هياجه وانزعاجه وتذمره. أمه شيخة لم تعد مستاءة من زواجنا، بل صارت أكثر لطفًا وحنانًا بعد أن أخبرتها بحملي، وذات مرة مازحتني وهي تضحك قائلة: «يا صالحة، لا تجيبين

لنا ولد أسود»، ثم استدركت: «لا تستائي، إني أمزح معك، اللي يجيبه الله حياه الله» وحمدت لها لطفها وتبسطها معي في الحديث).

طويت الرسالة كما طلبت صالحة. كان المساء يوغل في ظلامه. استباحني الرعب وانتفض قلبي، جاء صوتها صارخًا! من أين جاءتها تلك القدرة على مداهمة سكينة هدوئي في منتصف الليل؟ فيمَ كل هذه القسوة لترميني بحجارة كلماتها التي تُشبه في عباراتها ظُلمات ليل هذه المدينة، التي يغزوها الشتاء أكثر من ثلثي العام، وتظل جذوع الشجر فيها جرداء إلا من بقايا ندف ثلج ينسج خيوطه حول أغصانها، فتأبى أن تذوب وتتقاطر كقطع غيم ينوء بثقل الغيث، ثم ما الذي جعل صالحة تنهض كالعنقاء من تحت الرماد، وتسكب صهد أوجاعها على نافذة روحي؟! أنا التي لم يساورني أدنى شك في أن سفينتها قد وجدت مرفأ الأمان الذي تنشده. وجاءت هذه الرسالة لتنسف من ذهني كل تصوراتي، وبقي اليقين في شوقي إلى رؤيتها. انتصب وجهها أمامي، والقرطان الذهبيان المطعمان باللؤلؤ يزينان أذنيها. كم أعجبني هذان القرطان!

***

خاطبتها بفيض من مشاعري: (كان عليك أن تخبريني قبل أن تلملمي وجع أيامك وتبادري بالكتابة قبل أن تصل رسالتي إليك وأنا التي غامرت بكل شيء، لكي أكتب لك قبل الجميع وأعانقك، من قال لك إني أهوى المفاجآت؟ من أوحى إليك وكذب وأسرَّ إليك زورًا وبهتانًا أني قوية؟ كم أتوق للوصول إليكِ لكي أقرص خديك كما كنت أفعل، وأصرخ بك، وأعقد إصبعي البنصر بإصبعك وأخاصمك، وأنظر من شق الباب لعلك تعودين فأهرع إليك وأحضنك. كثيرًا ما تساءل الجميع من حولنا يا ذات الخصلات المفتولة: لماذا أحبك؟ إني أغفر لهم جهلهم. لم يعرفوا روحك التي استقرت

في وجداني منذ كنا أطفالًا نتقاذف بكل شيء يتوافر حولنا، تختبئين خلفي وأرميهم بحجر، لم يعرفوا شفافية مشاعرك وأنت تتحدثين عن صداقتنا بوله العاشق وصدق المحب.

ارتديت قبعتك وشممت رائحة شعرك، كنت أود أن أرى بطنك المنفوخة وشفتك المتورمة، وأن أرى سواد عنقك وقد استحال بياضًا بسبب ما تحمله أحشاؤك، وأضحك على بطنك المنتفخة، من أذِنَ لك يا خائنة بغدري؟!

من أذن لك بالكتابة إليَّ؟! ثم لماذا لم تنتظري؟! فالساعات أقصر من المسافة من هنا إلى بريطانيا، خططتِ لكل شيء وابتعت أثوابًا لصبي وفتاة وابتعت أثوابًا تتجملين بها لمحمد ولد شيخة بعد أن تنجبي فرحة صغيرة بعد «فرحة شمسوه». كان خبر حملك قد وصلني من نادرة قبل وصول رسالتك.

إني جد غاضبة... إني جد حزينة. سوف أشعل نارًا في أوراق دفاتري. وأجعل وقودها رسائل عذاب، لن أخبرك عن بقية قصتي معه فقد سئمت منه، وسأحرق عبارته التي كان يُذيِّل بها رسائله لي: «أنا لا أتنفس بعدك. إني أموت ووجودك في حياتي يحييني»).

لم يحالفني الصبر في انتظار الصباح بعد أن غزتني أوهامي وتخيلاتي عما يكون قد ألَمَّ بصالحة، حملتُ الرسالة وكأنها قيود ثقيلة وسرت بها إلى مائدة المطبخ بقدمين لا تسترهما سوى غلالة جوارب رقيقة نُسجت من صوف ناعم، برزت من خلاله أظافر ملونة بطلاء يميل إلى القرمزي، ويلمع توهج لونه تحت انعكاس الضوء الذي أنرته من مصباح صغير يتدلى من أعلى السقف. مررت من أمام التلفاز ذي الشاشة العريضة الذي يقبع وسط جدار لونته باللون الرمادي، بعدما استأجرت هذه الشقة ذات الغرفة الواحدة المفتوحة على مطبخ وبهو عريض، تستلقي في جوانبه تكية محشوة بالصوف

وغزل القطن، مكسوة بالجلد الأحمر، وتحت حوافها أُسقِطت على الأرض الخشبية سجادة سوداء ذات وبر وثير.

تحت ضوء غمر نورُه الفَيَّاض خصلاتِ شعري بعد أن انفكَّ رباط عُقدته التي تجمعه خلف أذني، وتناثر كخيوط من حرير حول وجهي، هذا الشعر الذي طالما كان سبب تساؤل صالحة وحيرتها، لماذا تختلف طبيعة شعري في نعومته وطوله وكثافة خصلاته عن شعرها؟

سؤال لا علاقة له بالمشاعر السلبية، بقدر علاقته بفضول الأطفال.

حتى حينما كنا نقف معًا متقاربتين أو متلاصقتين أمام المرآة، ونحن نمد لسانينا ساخرتين من اختلاف لون جلدينا. لم يكن الذعر وحده ما يتملكنا، إذ لم نكن بمنأى عن حقيقة الاختلاف، وكنا نعزو هذا الاختلاف إلى الليل والنهار حسب خرافة أمي التي كانت ترويها في عتْمَة المساء على حين غرة وجهل منا، ونحن نستمع بشغف متكئتين على حجرها متلذذتين بسردها نحمل براءة قلبينا اللذين لم تلوثهما يد الغدر!

وعادة ما تبدأ الرواية بسرد حكاية طفلتين إحداهما ذات جلد أسود تُدعى نجمة الليل والأخرى ذات جلد أبيض، تُنادى بشمس النهار، إحداهما تعجلت فسبقت الأخرى للقدوم إلى الدُنْيَا، ولم تنتظر رفيقتها لتخرجا معًا، وحينما كانت أمي تصل إلى هذا الحد من الحكاية التي ترويها، ينتابني الغضب على شمس النهار، لماذا آثرت الحضور إلى العَالَم دون رفيقتها، ولم أكن أنجو من نظرات توبيخ وتأنيب صامتة ترمقني بها صالحة، وكأنها تحمِّلني تبعة لون جلدها الأسود، بسبب الوُصُول إلى الحياة قبلها، وجاءت صرختي الأولى مع بداية الفجر! كانت في قرارة نفسها تود لو كنا قد نزلنا معًا فأصبحنا شمسين أو نجمتين دونما أي اختلاف، هكذا أضحت صالحة تثق في حقيقة ما جاد به خيال أمي.

(يا لصالحة!)

وقع بصري على أوراق بالية اصفرَّ لونها وثنيت أطرافها، فتحتها فوقعت منها صورة صالحة بثوبها الأخضر منفوخة البطن والشفتين، وزليخة الصغيرة تتوسد بطنها وهي تشد على أصابعها التي تتلمس عروق رقبتها النافرة، نظراتها ذابلة، كأنها أفرغت من رفاتٍ عمره مائة عام.

كنت أرغب في القراءة، هويت معها في أقبية جحيم ما أخفته عني طوال السنوات التي عاشتها في لندن مرافقة لأمها، ومربية لأختها، ثم شريكة لزوجها الذي تعرفت عليه أثناء وجودها في لندن وقُدِّر لها أن تكون زوجته.

النوم في الحافلة

كنا صغيرتين، نتعارك كثيرًا، وفي كل مرَّة كنت أتوقف فيها عن مواصلة الهجوم على صالحة، أجد أن قلبي ينبض بقوة إذا رأيتها تدير وجهها، وهي تجر حقيبتها المدرسية الثقيلة بعد أن تفرغ حافلة المدرسة ما في جوفها من التلميذات أمام دكان حسون، وعاملة الحافلة تتفقد المقاعد الخلفية حتى تتيقن ألا يكون النوم قد داهم إحداهن أثناء تلك الرحلة الطويلة، التي يفصل بينها وبين الوصول إلى محطتها الأخيرة فريج عبد العزيز والدوحة الجديدة ثم إلى فريج بن درهم.

كانت عاملة الحافلة غالبًا ما تشكو من هذا العمل المحفوف بالمخاطر، والمقترن بالعقوبة الشديدة إذا تهاونت فيه عن مراقبة التلميذات، وغشيهنَّ النعاس كما حصل معي ذات ظهيرة، عندما صعدت إلى حافلة المدرسة في يوم حار توسدت فيه حقيبتي المدرسية في غفلة من مُراقَبَة عاملة الحافلة، واستغرقت في النوم دون أن يراني أحد، وحينما فرغت الحافلة من ركابها وأصبحت خاوية، صرخت فجأة بالسائق كي يخبرني أين ذهبت رفيقاتي! وصرخ مذعورًا يبحث عن مصدر الصوت الذي جاء من طيِّ الصمت، شيء يصعب على التصديق وهو الذي صار قاب قوسين أو أدنى من أن يُودِع الحافلة مواقف «جَرد الحكومة» وأخيرًا تبدت له حقيقة أني إحدى ساكنات فريج بن درهم، ولما تعرف على اسمي توجه بي حيث بيتنا، ووقف أمامه تمامًا وقرع الباب، أطل شمسوه برأسه وعندما رآني خيل إليه أني خرجت للتو من جوف قبر.

قال:

- ذهب أهلك إلى المدرسة بحثًا عنك.

أمَّا السائق المسكين فلا يدري إن كان قد فقد رشده أو لم يزل واعيًا لما يدور حوله من أحداث لم تكن متوقعة في ذلك اليوم، وأبى أن يغادر حتى يعود أهلي، ويقصَّ عليهم حكاية نومي في المقعد الأخير من الحافلة المدرسية، وكيف استيقظت وصرخت بعدما ارتجت الحافلة أثناء محاولة إدخالها إلى المواقف، فهويت من على المقعد وصرخت إثر السقطة، وتفاصيل أخرى عن الحادثة لا أذكرها، وربما كانت من نسج خياله.

التقط نفسًا عميقًا وهو يسرد تفاصيل الموقف محاولًا تبرئة نفسه من هذا الخطأ، مع أنه لا أحد يشك فيه.

وشمسوه بدا مشدوهًا مما يسمع وهو يردد:

- فرحووووه!

فجأة رأيت أمي تنتصب كالرمح أمامي، ولم يبدُ على محياها أدنى أثر للفرح بحضوري سالمة، وكانت ملامح وجهها المتوارية خلف «البَطُّولَة» لا تنبئ بخير.

أمي وأبي وأخي وأختي الصغيرة وحسون، كلهم تجمعوا في مشهد درامي، والكل ينتظر أن ينتهي السائق من سرد الحكاية التي كررها أكثر من مرة، وكأنه وجد في هذه الحادثة وسيلة لإشباع رغبته في الكلام المكرر والمعاد والممل. وصوته يرتجف من أن يتحمل ذنبًا لا ناقة له فيه ولا جمل.

تدخَّل حسون بعد ذهاب سائق الحافلة ليحول بيني وبين عقاب أمي، بينما ظل والدي وأخي وأختي الصغيرة في دوامة من الحيرة، بين العطف والرغبة في التوبيخ، وكأن ما حدث لا يكفي لإرباك تفكيري، ذُعِرت في بادئ الأمر وأنا أواجه عاصفة الغضب التي اجتاحت وجه أمي، وصرت أترنح بعد أن خيم الصمت، وذهبت إلى فراشي دون طعام. وامتلأ نومي بالكوابيس والأحلام المزعجة، والخوف من الغد.

في الصباح وقفت أمام مديرة المدرسة بعد أن ذهب السائق إليها بالخبر، رفعت صوتها وصرخت بي، وقالت كلامًا يفتقر إلى الرأفة بعد أن هددتني بالضرب في الطابور الصباحي أمام جميع تلميذات المدرسة، ومن وقتها وأنا لا أنام في الحافلة المدرسية ولا تتركني عاملة المدرسة إلا بعد أن تسلمني إلى قبضة يد أمي التي كانت تنتظرني على أحر من الجمر بعد نهاية اليوم المدرسي في موقف الحافلة عند دكان حسون. ولم تسلم صالحة معي من التأنيب، وقد تجمدت أوصالها وإن تظاهرت بعدم الاكتراث، وأصبحت بعد تلك الحادثة ترمقني وهي على كرسيها في الحافلة منكمشة خائفة من أن يغزوني النوم مرة ثانية فتدفع هي الثمن.

كانت صالحة تعي كل ما تقوم به، وتحسب بدقة جميع أمورها حتى في اللعب، لديها صندوقها الخشبي الذي جاء به والدها مجلي من بيت الشيخ الذي يعمل لديه ويتعامل معه بألفة ومحبة.

صندوقها يحتوي على دمية ذات ملامح آسيوية مع أدوات طبخها، وقد غاظني أن يكون لدمية صالحة بيت يأويها ومطبخ تعد فيه عشاءها، ولم يكن لدميتي بيت مثله سوى مخدتي وحضني، غير أن دميتي تفوقت على دمية صالحة في زرقة العينين، فقد كانت لندنية الجنسية ذات شعر أشقر، جاءت على ظهر طائرة حملها لي جارنا ابن عامر عند عودته من إحدى رحلات علاجه، وكنت قد جندت نفسي للدفاع عن دميتي، حتى صرت أهاجم بالضرب والعض بشراسة كل من تسوِّل له نفسه تحريكها من المكان الذي أضعها فيه. دميتي «كارولين» وضعت لها صورة كملصق على باب غرفتي، وكتبت اسمها تحته، وقد اخترت هذا الاسم تيمنًا بالأميرة كارولين أميرة موناكو، التي عرفت اسمها من التلفزيون فأعجبني دون أن أعي عنها شيئًا، وفي كل مرة يأتي فيها ابن الجيران يضع دائرة حول وجهها ويمنحها الاسم العربي «ليال».

أصرخ به محتجة على تصرفه:

- اسمها «كارولين».

ينكس رأسه مختبئًا خلف ظهر أمي ويقول:

- اسمها «ليال»!

وددت لو أرتِّب أيامي، حسب أحداثها وأحلامها وآمالها، بيدَ أن ترتيب الذكريات غدا عصيًّا، بعد أن انهالت على خاطري ذكريات كثيرة وتزاحمت.

ذات يوم قبضتْ عليَّ معلمة الفصل متلبسة بقراءة أول رسالة حب، وكنت قد دسستها بين صفحات كتابي، أوقفتني في مواجهة السبورة الخشبية وهوت بلوح خشبي على كفي، انتحبتُ بصمت وهي تصرخ:

- من هو عذاب؟

ولم تكن تعلم بأني لا أعرف من هو هذا العذاب الذي خبأ تلك الرسالة تحت عتبة باب بيتنا.

هأنذا أقف في منتصف الفريج الذي تواردت عليه أسماء عدة حينما كنت طفلة كان يدعى «الكسارة» ثم حين فرح الناس باستلامهم قسائم منازل نظيفة ذات فناء واسع، ومبلغًا مرادفًا لشراء الأثاث، سمي «مساكن شعبية» وحينما شببت عن الطوق كان اسمه قد تحول إلى «فريج بن درهم».

لا لسبب سوى أن الأرض التي أقيمت عليها تلك المساكن تعود إلى عوائل كريمة من أسر «آل درهم» أقامت عليها فترة من الزمن ثم تفرقت كما تفرق غيرها من أبناء القبائل الأخرى من أحيائهم القديمة، وما زالت «فرجانهم» حتى اليوم موسومة بهم، حتى بعد أن طالتها يد التغيير، وقد تحولت إلى عمارات شاهقة يسكنها مستأجرون من شتى الجنسيات العربية والآسيوية، وقلة من الدول الأوربية.

حينما وزعت الحكومة على الناس تلك المساكن لم تخص أسماء بعينها أو قبائل بذاتها، كان «فريج بن درهم» عبارة عن أسر، كل منها جاء من

مكان غير الذي جاءت منه الأسر الأخرى، بينهم حضر وبدو وعجم وعرب وسنة وشيعة وغيرهم، من مختلف القبائل والطوائف والمذاهب، وعاشت تلك الأسر كلها في هذا الفريج بمودة وألفة وسلام وانسجام، وغابت عنهم الخلافات القبلية والطائفية والمذهبية التي لم يعرفها فريج بن درهم.

اليوم هو الثلاثاء 22 من فبراير عام 1972، وقد تولى صباح اليوم الشيخ خليفة بن حمد آل ثاني مقاليد الحكم في البلاد، ومنح ملكية المساكن الشعبية لأهلها بعدما كانت مقابل مبلغ بسيط يقتطع من رواتبهم الشهرية على مدى سنوات، حتى يسددوا قروض هذه المساكن الشعبية للحكومة لتؤول إليهم في النهاية.

وكانت فرحة الناس كبيرة بهذه المنحة الأميرية.

في هذا الفريج نشأت... لعبت... حزنت وفرحت... وتحت أشعة الشمس، وفي طرقاته نثرت جدائلي وركضت، وأمام دكان حسون كنت أقف صباح كل يوم في انتظار الحافلة المدرسية، وكانت أمي تراقبني طوال الوقت، ولا يهنأ لها بال إلا بعد أن أركب الحافلة، وكان ذلك قبل أن تكلف الحافلات بالحضور إلى بوابة منزل كل طالبة لنقلها إلى المدرسة.

مرحلة حرجة

لم تمر رسالة عذاب بسلام، كانت مقترنة بغموض يحتاج لمن يفك رموزه، بعد أن تدخلت عناصر جديدة في تصعيد ملابساته، حتى شمسوه كان له نصيبه في تأزيم الموقف حينما اعتبر نفسه وصيًّا على حركاتي وسكناتي، منذ أن عدت من المدرسة بعيون حمراء من أثر البكاء، وأصابع متورمة من أثر ضرب المعلمة، وألم تركته رسالة منهوبة آثرت المعلمة أن تحتفظ بها وتعرضها على مديرة المدرسة إمعانًا في معاقبتي.

كان أهون عليَّ أن أعاقب بالوقوف تحت الشمس بعد الطابور الصباحي ولا تعلم أمي بها! لأن بطشها لا يحتمل! ولأن رسائل عذاب هي سري الذي لا يجدر بأحد من أهلي الاطلاع عليه. لا أخي ولا أبي ولا أمي. وخصوصًا أمي التي أخذت على عاتقها منعي من توريط غيري في مواقف صعبة، دون أن تفلح في ذلك، لا هي ولا لوح الخشب الذي كانت تلاحقني به كلما أوقعت غيري في ورطة جديدة! فهي تنادي ولا حياة لمن تنادي. لم تتوقف عن محاولة قمعي عن أذى الآخرين، ولم أتوقف أنا عن محاولة التمرد عليها.

أمي متيقظة. المعلمة تفتش أوراقي. عيون شمسوه المتلصصة جاسوس أمي التي تلاحقني، ولم أكن أعلم أن عيون حسون صاحب الدكان كانت تراقبني أيضًا، إلا عندما صرخ بي وأنا أطل برأسي من ضلْفَة الباب الخارجي وهو يعتلي دراجته الهوائية حاملًا صندوق الكوكا كولا: هيا ادخلي. يا للرقابة الخانقة.

كنت أحاول أن أخفي بروزًا أنثويًّا مفاجئًا في صدري خوفًا من لبس «العباية» وهي غطاء أسود رقيق ينسدل من أعلى الرأس حتى القدمين، فأتحايل على هذا البروز بأن أرتدي قميصًا ومشدًّا تحت «مريول» المدرسة ذي اللون الرمادي حتى لا تقع عينا أمي على هذا البروز المفاجئ، كانت مرحلة حرجة بالنسبة لي وقد عانيت كثيرًا حتى تمكنت من تجاوزها.

وفي كل صباح أسحب القميص الضاغط قبل أن أرتدي «مريول» المدرسة، وأفك جزءًا من الشريط الأبيض المشدود الذي يضم خصلات شعري، لأترك خصلة صغيرة هاربة تتدلى على جانب وجهي وكأني لا أدري، وكنت أطمع بأن يرى «عذاب» ذلك، لكي يكتب لي رسالة أخرى في غفلة من أمي!

طال انتظاري لرسالة أخرى من «عذاب» ولم تصل، فقررت الانتقام من ثلاثة... وكان ضمن الخطة التي أعددتها أن أتجاوز بفعلتي كل العقبات، تحاشيًا للعقاب الذي ينتظرني لو اكتشفت خطتي، وكنت أنوي بذلك رد اعتبار «عذابي».

كان أول ضحاياي شمسوه الذي جعلته يسقط في حركة مباغتة هو وصينية الغداء التي كان يناولني إياها، لكي أدخلها صالة البيت، وأضعها في المكان الذي نفرش فيه البساط البلاستيكي، ونتحلق حوله جميعًا جلوسًا على الأرض. ومن كان موجودًا في حينه ولا يحضر دائرة الغداء تلك في وقتها، فلن يجد غير قدر فارغ على فرن المطبخ، تلك سنة فرضتها أمي على كل من يتأخر عن أي وجبة. فليس له خلال الساعات القادمة سوى الجوع.

والضحية الثانية هي المعلمة التي لم تتح لي إكمال قراءة بقية رسالة عذاب، بل صادرتها ظلمًا وعدوانًا، لكن خطتي حولها باءت بالفشل، فالفلفل الذي كان من المخطط له أن يبلل دفتر تحضير المعلمة، أشعل نارًا في حلقي

بعد أن أدركتني «ضابطة المدرسة» متلبسة بالجرم المشهود، فلم أتمكن من الاختباء عن عينيها وهي تجوب ساحة المدرسة وقت الفسحة، وأنا أبتاع زجاجة الفلفل الأحمر السائل من عاملة المدرسة التي ينادونها بـ«الفرَّاشة»، وكانت تبيع بعض المأكولات علينا بالدَّين في حال لم يكن معنا ثمنها.

أشياء لم تمنعها إدارة المدرسة عن بيعها لكنها لا تتردد في منعنا من شرائها.

وأخيرًا ابن الجيران الذي كنت أدرِّسه ولم أتورع عن ضربه بزجاجة الكوكا كولا على رأسه عندما أخطأ في قراءة واجبه، لتنبثق من رأسه دماء غطت كتابه المدرسي، مما أثار حفيظة أمي، فصبت عليَّ جام غضبها، وكان موضوع ضربه بزجاجة الكوكا كولا مقررًا مسبقًا سواء أخطأ أو لم يخطئ.

محاولة رش زجاجة الفلفل الأحمر على دفتر المعلمة لم تمر بسلام، فقد حُرمتُ من فسحة الغداء، وكلفت بكتابة درس التعبير مائة مرة، وعندما يشتد بي الجوع أقترب من النافذة لتقوم «عفْرة» إحدى رفيقاتي في المدرسة وبحذر شديد بتهريب الأكل لي عبر قضبان النافذة المطلة على ساحة المدرسة، في غفلة من عيون بعض الشامتات من تلميذات المدرسة.

لم تكن أشغال المنزل ضمن دائرة اهتماماتي، إذ يوجد لدينا «صِبيان» يقومون بكل الأعمال المنزلية تحت إشراف مباشر من أمي، أما أعمال المطبخ، فقد احتكرَتْها لنفسها، فهي لا تسمح لأحد غيرها بإعداد الوجبات الرئيسية مهما بلغت مشاغلها في أي يوم من الأيام، وكأنما هي متعهد مكلف بإطعام كل من في المنزل من إنتاجها الخاص.

شمسوه أول خادم من الجنسية الهندية عمل لدينا من أجل مساعدة أمي في أعمال المنزل، قبله اعتمدتْ أمي على بعض «الصبيان» من فارس، أكبرهم سنًّا عباس وأوسطهم جلال وأصغرهم شهدان، وكان في مثل عمري، وهذا قبل انتقالنا إلى فريج بن درهم.

ولسبب لا أعرفه كنا لا ننطق أسماءهم دون أن نمدها بحرف الواو وننهيها بحرف الهاء: فعباس أصبح عباسوه وجلال جلالوه وأصغرهم شهدان شهدانوه، ولم يكن شمسوه بأفضل منهم فقد حلت عليه لعنة (الواو والهاء) بعد أن حلت عليهم قبله، فانقلب اسمه من شمس الدين إلى شمسوه.

حسون صاحب الدكان الذي كان يبيع كل شيء في فريج بن درهم انتقم لنفسه وللجميع، فأصبح يعاملهم بالمثل. فينادي جاسمًا بجسُّوم ومحمدًا بحمُّود وعايشة بأوووش، كما ينادونه هم بحسون الإيراني، ومرة أخرى بحسون راعي الدكان، ولم أسلم منه بالوصاية عليَّ أو بتحريف اسمي ومده بالواو والهاء أيضًا، لينقلب اسمي من فرحة إلى فرحوووه، ولم يأنف أحد من هذا التحريف الذي لحق بأسماء الكثيرين منهم. فقد أخذوا الأمر ببساطة متناهية، تعبر عن تلقائية بعيدة عن الضغينة، وفي النهاية تبقى حقيقة الواحد منهم هي الأهم، وما الاسم سوى سمة يعرف بها المرء من الظاهر، ويظل باطنه خفيًّا تظهره أفعاله وأقواله. ولم يكن هذا التصغير تحقيرًا، لأصحاب هذه الأسماء، بل هو تلطيف ورفع للكلفة بينهم.

أيام رمضان

تعودت أمي قبل الإفطار بدقائق أن توزع الأكلات الرمضانية على الجيران، وقد أوكلت هذه المهمة لي ولشمسوه، الذي كان يوصل الأطباق سليمة ومستوفاة لكل شروط الكرم الرمضاني المعهود بين سكان الفريج، أما الأطباق التي أتولى توزيعها، فإنها تتعرض لقليل من التشويه عندما أقوم بالاعتداء عليها بتذوقها في الطريق، مما يترك أثرًا واضحًا لهذا الاعتداء، وكنت صغيرة وغير قادرة على احتمال الصوم وليس أمامي سوى هذه الأطباق التي أتحين موعد توزيعها لأستعين بأجزاء من محتوياتها للتغلب على الجوع بعيدًا عن رقابة كائن من كان، مع أن ما يبعدني عن الأذان مجرد دقائق، أي أن الصبر كان أسلم، ولعل هناك من الجارات من أخبرت أمي بهذا السطو على تلك الأطباق، مما دعاها إلى مراقبتي، حتى وقعت في قبضتها بالجرم المشهود، كنت غارقة في التلذذ بتناول بعض اللقيمات الغارقة بالدبس، وإذا بي أنا وصحن اللقيمات نتمرغ في التراب، بعد أن تولت أمي تسوية الأمر بطريقتها الخاصة، فالجريمة مزدوجة، الأولى الإفطار قبل الأذان، والثانية السطو على الأكل الذي يفترض أن يصل إلى الجيران سليمًا وبكامل هيبته الرمضانية.

استمرت أمي بتكليفي بهذه المهمة حتى بعد أن حدث ما حدث، وهي على يقين بأن هذا الدرس لن أنساه.

في كل ليلة من شهر رمضان تعودت أمي أن تشعل بخورًا وتضع طيبًا من دهن العود المعتق في أطراف «بطُّولتها» التي تغطي الجزء الأكبر من وجهها باستثناء العينين، وتتناول المجمرة بدخانها المفعم برائحة العود،

لتدسها داخل أطراف العباءة و«الملفع» الشفاف الذي يحيط برقبتها ويغطي رأسها، وتصحبني معها لصلاة التراويح، وأنا أضع السجادة على رأسي طوال الطريق إلى المسجد.

في تلك الليلة وقبل الذهاب إلى المسجد دخلت الحمام عدة مرات قبل موعد صلاة التراويح وكأن أمي تسمع وترى ما يخبئه صدري: يا ويلي ماذا أفعل الآن؟ ومن أين أتت خطوط الدم الحمراء التي تسيل فتبلل أطراف ساقي، وتحايلت عليها ببعض القماش، وسرت وأنا أنظر خلفي خوفًا من أن تكتشف نظرات حسون أمري عندما نمر من أمام دكانه في طريقنا إلى المسجد وهذا يعني أنه سيخبر أمي فورًا أو هكذا خُيِّل لي.

وفكرت مرة أخرى في شمسوه ليبتاع لي ما أداري به خوفي وأعطيه ثمن سكوته، شمسوه ثرثر مع حسون في الدكان وابتاع لي ما أردت، وحلف بأنه رأى أمي تتذوق الطعام في المطبخ في نهار رمضان حينما تصاب بهذا الداء. وبذلك أصبح لشمسوه سر يلوِّح به في وجهي على الرغم من خوفه مني. إذ كان لديَّ سر آخر يتعلق به فقد قبضت عليه ذات مرة متلبسًا بتقبيل صور بعض الممثلات اللواتي نجد صورهن مع العلكة وهو يحضن الصور ويدسها داخل جيبه، وعرفت منذ ذاك الوقت لماذا يكثر شمسوه من شراء العلكة ذات الصور، فقد كان يجمع صور الممثلات ويقبلها في غفلة عن عيون أمي. وهددته بالمقابل لكي يطعمني سرًّا طوال هذه الفترة، وأن يغسل ملابسي منفردة وهو المكلف بغسيل ملابس الجميع، وأن يكتم ما علم به عني مقابل ما أجود به عليه من مصروفي. وفكرت أيضًا إن نجح فسوف أستدرجه في الحديث من حيث لا يدري، فربما تكون في جعبته بعض أنباء عن رسائل عذاب التي طال انتظاري لها، وزاد فضولي للحصول على التفاصيل عن كاتبها، الذي ما زال جهلي به يحيرني.

ذات يوم غادرت المدرسة في وقت مبكر بعدما رأت الفرَّاشة البقع الحمراء الصغيرة في مريولي فغسلته، وطلبت من المديرة أن تسمح لها بإعادتي إلى المنزل، وأنا في حالة من الحرج يرثى لها، ولم يكن اهتمام المديرة بالمستوى الذي كنت أخشاه إذا اكتشفت الأمر.

وعندما دخلنا المنزل سمعت أمي وبعض نسوة الفريج يتحدثون أن الشيخ خليفة أسقط عنهم بقية المستحقات للحكومة من قروض البيوت الشعبية التي لم تُسدَّد في حينها، غير أن فرحة أمي لم تكتمل عندما رأتني واقفة برفقة الفرَّاشة أمامها، وتلاشى عن ذهنها كل شيء إلا أن تضرب صدرها مفجوعة وهي ترى البقع الحمراء وقالت:

- لكنها صغيرة... كيف حدث هذا؟

لم تهتم أمي حينما أخبرتها إحدى الجارات أن أم أحمد أخذتني إلى «المطوعة» لتباركني بالرقية الشرعية، لأني أصبحت امرأة. جلستْ على عتبة المطبخ وأنا لصيقة بها أصغي كما تصغي لشكاوى بعض النساء يسردن عليها بعضًا من مشكلاتهن، ولم تكن تمايز بين من كان لونها أسود أو أبيض، ومن كانت ذات أصول عربية أو أعجمية، ومن كانت سنية أو شيعية، ولذا لم تمانع في ذهابي إلى «المطوعة»، يوم أن أخذتني إلى هناك أم أحمد وهي شيعية، فالمسألة بالنسبة لها لا تتعدى حقيقة أنها جارة تثق بجارتها، ولا معنى لأن تعترض على أن أحظى برعاية من يُكِنُّ الولاء لآل البيت عليهم السلام، لما لهم من قدسية في نفوس كل المسلمين، لا فرق في ذلك بين شيعي أو سني، فآل بيت النبي هم قدوة كل المسلمين في كل العالم.

تلك الدماء التي سالت مني وغياب رسائل عذاب دفعاني إلى الصمت والانزواء عما حولي، وقد أثار ذلك دهشة أمي، كما أثار ريبة شمسوه الذي انقطعت مؤونة عطاياي عنه، فلم يعد لديه ما يخفيه ويعتبره سرًّا بعد أن شاع بين الجميع أني صرت امرأة كما أعلنت أم أحمد.

لم يلبث شمسوه أن استعاد أهميته، بعد أن قلل من شراء صور العلكة التي يقبلها ثم يدسها في جيبه، وكان نصره عظيمًا بعد أن وجد رسالة جديدة من عذاب، ربما عرف صاحبها لكنه آثر الإعلان عن الرسالة والاحتفاظ بمعرفة صاحبها، لغرض آخر لا أعلمه حتى يحين موعده، وهذا مجرد احتمال لا غير، لأن شمسوه من هؤلاء الذين لا يحتفظون بأسرارهم لوقت طويل، وكأنها تزِنُّ في عقولهم لدرجة تحملهم على الجنون.

ركض يلوح بالرسالة أمام عيني ويخفيها وراء ظهره عن أمي.

(آه ما أخبثك شمسوه... اصبر علي).

لم يكن يسعى لشيء أهم من سعيه للحصول على ما أعطيه من مصروفي الخاص في مثل هذه المواقف. حملت رسالة عذاب ومعها بصيص أمل جديد في مستقبل أفضل، وإن كان لا يزال معتمًا:

> (سمعت أنك مريضة وأنك ترفضين لبس «الغشوة»[1] وتلقين بها من نافذة الحافلة وأنت في طريقك إلى المدرسة، وكم مرة رأيت يد «صبيكم» وخادمكم تتلقفها. خيرًا فعلت، لا تحجبي عن عيني خصلات شعرك، لا بأس عليك، لعل قند[2] أم أحمد يهدئ بالك ويعيدك لسيرتك الأولى).
>
> عذاب

قل عدد قطع صابوني التي أعطي بعضها شمسوه مقابل أي خبر جديد إذا لم تتيسر النقود، ولم أعد أتنقل في أرجاء البيت بالراديو الترانزستور الصغير، الذي كنت أتابع من خلاله التمثيليات والأغاني ونشرات الأخبار، وكل ما يقع عليه سمعي من برامج، ومنه تعرفت على الإذاعات المشهورة:

---

(1) «القند» سكر القصب النقي ويسمى أيضًا «سكر نبات».

(2) «الغشوة» غطاء الوجه.

صوت العرب من القاهرة، والـ B.B.C. العربية من لندن، ومن إذاعتنا كنت أستمع لبرنامج طلبات المستمعين من الأغاني، لعلي أسمع طلبًا من عذاب يهدي لي فيه أغنية رومانسية تشرح الصدر وتسر الخاطر، وطال الاستماع دون جدوى.

أصبح لي عالمي الجديد الذي تعرفت فيه على قضية سرحان بشارة سرحان الذي اغتال السناتور الأمريكي روبرت كنيدي، وهو فلسطيني مسيحي يحمل الجنسية الأردنية، اغتال السيناتور الأمريكي روبرت كينيدي في لوس أنجلوس، كاليفورنيا، في 5 يونيو 1968، وتوفي كينيدي في اليوم التالي في المستشفى متأثرًا بجراحه. أدين سرحان بالقتل وحُكم عليه بالسجن المؤبد في سجن ريتشارد دونوفان الإصلاحي في مقاطعة سان دييجو، كاليفورنيا. وكنت أسجل مختصر محاكماته في أوراقي فاستدلت المعلمة على إدانة ثانية لي، وفي هذه المرة ضربت المديرة يدي لكيلا أعبث بدفاتري المدرسية وأشخبط فيها بكلام فارغ، فالسياسة كلام فارغ في نظرها، ولعلها على صواب في هذه المسألة.

أصبحت متعتي القصوى البقاء في الغرفة وقراءة مجلات «ران تان تان» و«ميكي» و«سمير» و«لولو الصغيرة» و«أرسين لوبين» و«طرزان» التي اشتراها لي جارنا ابن عامر حينما صحبني لأول مرة إلى مكتبة التلميذ في براحة الجفيري في مشيرب، وكان فرحي لا يحد حينما وجدت نفسي مباشرة مع كم كبير من القصص والمجلدات المصورة، التي أصبحت لها مكانة أثيرة في نفسي.

أسرت أمي إلى جارتنا أم أحمد بما اعتراني من صمت، وهي بمثابة المرشدة الروحية للفريج، أجلستني بين ساقيها ووضعت رأسي بين كفيها وبسملت وحوقلت وتلت آيات من القرآن الكريم، واستغاثت بالحسن والحسين والعباس وجعفر الصادق لكي يشفيني الله مما ألمَّ بي.

غفوت وأنا أشم رائحة صدرها، وكأنما خدرتني رائحة البخور التي تعبق من جسدها كله.

جربت أمي كل الوسائل لأعود إلى سيرتي الأولى، لكن جميع تلك المحاولات باءت بالفشل، وفي النهاية كان الحل الذي توصلت إليه أم أحمد هو أن يحضر لي حسون عشبة برية من إيران -ذكرت اسمها- أو يأتيني بحجاب من سيد علي الذي يسكن إحدى قرى إيران الجبلية؛ لأعلقه حول رقبتي وأربطه بسلسلتي الذهبية، كانت تتحدث بلغة الواثق من نجاح وصْفاتها في إنقاذي مما أنا فيه.

غياب حسون

غاب حسون عن الحي لكن غيابه أثار بلبلة، وكثر القيل والقال، وزاد بعض الناس من هذه الأقاويل، كان قلق أمي على حسون من نوع آخر، فما يشغل أذهانهم لم يكن ليشغل ذهنها، فقط كانت تستشعر خوفًا من غيابه. خوفًا عليه لا منه، وأسرَّت إلى رمضان أخيه مستفسرة: هل هو بخير؟ فأجاب: سافر إلى إيران وسيعود. فقالت:

- الحمد لله.

نظرت إليَّ بطرف عينها ففهمت أن عليَّ المغادرة حيث يجب ألا أسمع حديثهما. كان رمضان يقول شيئًا مهمًّا لأمي لأن ملامح القلق تبدو ظاهرة على وجهه، كانت تستمع باهتمام، وتهز رأسها وهي تجلس جلستها المعتادة على عتبة باب المطبخ من الخارج في «الحوش». أحسست أن الأمر يتعلق بحسون وهو لا ينبئ بخير. ثم علمت أن حسونًا لم يسافر إلى إيران، بل هو متورط في قضية ما، لم يزل التحقيق فيها قائمًا.

فما هذه القضية؟

هذا ما كشفته الأيام، فهو من المشتبه بهم في سرقة البنزين من سيارات الحكومة، بعد التحريات عن سبب سرعة نفاد بنزين الحافلات المدرسية، رغم الحراسة المشددة على المواقف.

كان حسون يجمع صفائح «التنك» الفارغة من مخلفات أهل الحي أو يشتريها منهم بمبلغ زهيد، وكنت أجمع لحسون هذه الصفائح الفارغة مما يستعمل في منزلنا، وأتركها لشمسوه كي يوصلها له، دون أن أعرف سبب حاجته إليها، وإن كان قلبي يحدثني بأن أمرًا مريبًا وراء جمع هذه الصفائح.

سألته ذات مرة:

- ماذا تعمل بهذه الصفائح؟

لكنه تجاهل سؤالي، وأخبرني شمسوه بتجميع حسون لهذه الصفائح، وذهابه بها كل يوم خميس إلى البحر لينظفها ويجففها تحت الشمس لتعود نظيفة كما لم تستعمل من قبل، وفي رحلة الذهاب والإياب للبحر ينقله باتان باكستان في سيارته ذات اللون البرتقالي، تاكسي الفريج، أما لماذا سمي تاكسي الفريج فذلك لأنه يقضي معظم أوقاته في أزقة الفريج ليحمل -كما يقول- عن سكانه عناء الذهاب إلى الشارع العام للحصول على التاكسي، فهو في حالة طوارئ دائمة لتوصيل كل من يريد إلى جهته، فامتلك بذلك أسرار الكثيرين، وهو معروف بثرثرته الدائمة مع الركاب، وكأنه يريد انتزاع أسرارهم من صدورهم بقوة الثرثرة، وأتاح ذلك له العلم بمعظم أسرار الفريج صغيرها وكبيرها، كما هو حال حسون، مع فارق الدوافع بين الاثنين. أما سر تلك الصفائح فهو لدى باتان باكستان الذي يشتريها من حسون ويبيعها بأضعاف سعرها لهؤلاء اللصوص الذين يشفطون بنزين سيارات الحكومة ويعبئونه فيها، ثم يبيعونه بطرقهم الخاصة، أو يستخدمونه لسياراتهم، وقد ألقي القبض على حسون دون أن تكون له يد أو علم بما كانت تستخدم فيه تلك الصفائح بعد أن يبيعها إلى باتان باكستان، الذي حثه على جمعها وتنظيفها ليشتريها منه بسعر بخس، ويبيعها بسعر مضاعف، في عملية تبادل منافع مشبوهة بين الطرفين، ولم يَدْرِ بخلد حسون أن صاحبه يمكن أن يخدعه بهذه الطريقة.

طال غياب حسون، وجاء ذكره على ألسنة النسوة في فناء منزلنا، وهن يتناولن حبات اللقيمات، ويرتشفن القهوة جلوسًا في ليل رمضاني يحلو فيه السهر، ويتهامسن بشأن حسون، وابن الجيران ممدد ورأسه في حضن أمي بعد إن اقتلعت ظهيرة هذا اليوم المسمار الذي علق بقدمه ووضعتها على

صفيح ساخن لكي يلتئم الجرح بسرعة ولا يتلوث، وأنا أتعمد أن أدوسها في طريقي إلى المطبخ. وكما لم يسلم من محاولة إيذائه تلك، فإني لم أسلم أيضًا من بطش أمي انتقامًا له.

سألت شمسوه عن حالة حسون ولماذا لم يعد يأتي محملًا بصندوق الكوكا كولا، غمغم ببعض كلمات وحاول ألا يفهم، ومر من أمامي وكأنه لم يسمعني.

- أمي، أين هو حسون؟
- ربما كان عليه أن يستريح.

وكتبت في دفتري الذي أخبئه في أماكن كثيرة: (أين هو حسون؟) ورسمت في الصفحة المقابلة وجه رجل خائف.

كان حسون مزهوًّا بمحبة أناس الفريج وثقتهم فيه، وكان يتباهى بهذا أمام باتان باكستان سائق التاكسي ذي اللون البرتقالي، الموجود في فريج بن درهم طوال النهار، حتى أصبح من علاماته الفارقة. أيام الهناء لا تكتمل، وبالنسبة لحسون فقد وصلت منتهاها بعد أن بوغت بسؤال ابن عامر: لماذا تبحث الشرطة عنك؟ كان الوقت قبل مدفع الإفطار ولم يسدل الليل أستاره بعد. استدار خطوتين عن ابن عامر، مال برأسه الذي ما يزال الشعر يغطيه وإن لم يكن كثيفًا. سحب كرسيًّا وجلس:

- هل تعني الاشتباه بي؟
- نعم أعني ذلك.

لم يكن بمقدور حسون الوقوف بعد أن صدمته المفاجأة، ظل جالسًا على كرسيه ووجهه في اتجاه السماء، كأنما يدعو ربه للنجاة من ورطته.

حادثَ رمضان باللغة الفارسية عما دار بينهما. ابن عامر أحد ساكني الفريج، أصابعه باردة، تلك التي اتكأ بها على رمضان لينهض وهو يسأل:

- هل هناك ما أقوم به؟

قال حسون:

- لا.

نهض مغادرًا الدكان إلى وجهة لم يعرفها رمضان، وشيَّعته نظرات حسون بعيون ملؤها الخوف من الغد.

حققت استجوبت الشرطة مع حسون بلا رحمة، وقادته إلى المخفر، بعد أن فتشت داخل الدكان وما وجدت شيئًا. تعهد ابن عامر بكفالته، وقد دأب على ذلك بالنسبة لجميع سكان الحي. فهو المتصدي دومًا لكل ما يواجه سكان الحي من أخطار، ولا يرتاح له بال حتى تعود الحياة في الفريج على خير ما يرام، وقد استثمر علاقاته بالمسؤولين لحل الكثير من مشاكل الفريج.

مكث حسون في السجن لأمر لم تكن له يد فيه، وقد اعتراه الخوف الشديد من مغبة ذلك.

عندما اعترفت لي أمي بأن غياب حسون ليس محض الصدفة، حكت وكأنها تأتمنني على سر.

كان أول سؤال تعثَّرَ فوق شفتيَّ:

- كيف حدث هذا؟

- نحن لا نعلم.

حدثتني نفسي:

(ها هي أمي كعادتها تحكي نصف الحدث ولا تكمل).

انسابت صورة رمضان إلى خاطري وهو يريها شيئًا ما، حاول ألا تقع عينا شمسوه عليه، لا بد أنه سر خطير ذلك الذي لا تريد أن يطلع عليه شمسوه، رغم ثقتها به، لكن الأمر كما يبدو، أكبر من المتوقع.

استشعرت خطرًا حينما نظرت إلى شمسوه من فوق دكة الليوان، فأضحى يتصبب عرقًا وهو يعرب عن أسفه، لم أكن أستجوبه، لكنه وهو يحاول أن يبرئ نفسه، وقع فيما يبعث على الارتياب في حقيقة موقفه، على طريقة «يكاد المريب يقول خذوني». مع أنه لم يكن أصلًا محل شك بالنسبة لي.

صوت أمي من الخلف ينادي:

- خلي الصَّبِي ايش تطالبينه!

تركته على مضض.

كان بمقدوره أن ينكر أنه الواشي لكن ليس هذا ما يشغلني، بل ما الذي دفعه لذلك، وعلمت أن باتان باكستان هو المحرض ضد حسون في كل مرة، وشمسوه هو المنفذ.

باتان باكستان

لم أكن أستسيغه هذا الباتان باكستان، وكان دومًا حاضرًا وقريبًا ممن يطلبه وكأنه منذور لخدمة كل من هم في الفريج، ولم يكن مكروهًا كما يبدو من أحد سواي، كنت أستشعر خطرًا ولم أكن أستسلم لإلحاح أمي حينما تدعو الحاجة لأن نركب معه ليأخذنا إلى المستشفى، وإذا أصرتْ طلبتُ أن ألبس العباءة وأن أغطي وجهي بالغشوة في دهشة من أمي. إحساسي تجاه باتان باكستان مبني على هاجس الشعور بأنه إنسان مشكوك في أمره، وظنوني غالبًا لا تخيب. ما عدا ظني في عذاب، حتى بعد أن بلغ بي اليأس حده في انتظاري كي يكشف عذابي عن شخصيته.

وقد أثبتت الأيام أن ظني في باتان باكستان في محله.

لم يزل باتان باكستان سائق التاكسي ينظر إلى ذلك البيت المنزوي في أحد شوارع نجمة القديمة، في زقاق ملتوٍ يجاور صائغ مجوهرات آثر أن يتخذ من الطرف الشمالي من الزقاق دكانًا له، إنه شريف صائغ المجوهرات الذي يكشف عن أسنان صفراء لا تزال تمضغ قطع التبغ «التمباك» طوال الوقت، بوضعها بين الشفة واللثة عالقة بها بعد أن اصطبغ لسانه باللون القرمزي وهو يبصق بين الحين والحين في وعاء بجانبه، ويدفع عجينة التبغ هذه بطرفي لسانه فتسبب له حالة مؤقتة من النشوة، والشعور بالراحة والاسترخاء، والنسيان، لكنه حينما نقل إلى المستشفى أو إلى أي مكان آخر لم يعلم به أحد فيما بعد، شعر أنها نشوة مؤقتة بل علم أنها تسبِّب الشعور بالندم، والكثير من الأمراض. ولم يكن شريف الصائغ أقل ريبة من باتان باكستان بالنسبة لي،

فهو الخط الأحمر الثاني لي، وعندما ابتاعت أمي منه أسورة ذهبية وجاءت بها إليَّ، عضضت أطرافها المنحنية بأسناني وادعيت أنها مكسورة وتدمي يدي، ومنذ ذلك اليوم لم تجبرني أمي على لبسها ولم تبتع لي حلية من شريف الصائغ بالأخص، بعدما علمت أن باتان باكستان هو من أَقَلَّ (مجلي بو حمد) في يوم من الأيام إلى ذلك المكان، ولم يعد من لحظتها.

بغياب مجلي كثرت الإشاعات دون أن ترسو على حقيقة ثابتة، كان جلُّ ما يخشاه باتان باكستان أن يرغم على كشف السر الذي حاول أن يطويه النسيان. ربما طرأ على أحدهم سؤال:

- من أين أتى له هذا الاسم المركب؟

كل ما في الأمر أن الباتان كانوا منتشرين في الدوحة في تلك الحقبة من الزمان، وكثيرون يخلطون بين الباتاني والباكستاني، وبما إنه باكستاني فقد عامله أحدهم على أنه من باتان، وهو يقول إنه من باكستان، وبذلك حظي بالاسمين معًا رغم أنفه، ومن حينها والجميع يسمونه باتان باكستان، ومع مرور الوقت لم يعد يُعرف له اسم آخر يُنادى به غير هذا الاسم، ومن جانبه لم يحاول أن يخبر أحدًا باسمه الحقيقي، وكأنه استساغ هذا الاسم الذي أصبح متداولًا بين جميع سكان الفريج، ولم يعد أحد يهتم باسمه الحقيقي سوى في المعاملات الرسمية، ولعل ذلك وافق هواه ليظل بالنسبة للجميع ذلك السائق المبهم الشخصية والهوية.

والباتان مجموعة عرقية تقطن جنوب وشرق أفغانستان ومناطق الشمال الغربي الحدودية، وإقليم بلوشستان غرب باكستان، وتعرف بتسميات مختلفة مثل البوشتو بالفارسية والبوشتون أو بختون أو باتان أو أفغان باللغة الأوردية وهم من المسلمين الذين اكتسبوا من مناطقهم الجبلية الصلابة والقوة وتصدوا بشراسة للمعتدين الأجانب منذ مئات السنين.

لم تكن سيرة باتان باكستان حسنة قبل أن يستقر في فريج بن درهم، شاهده حسون ذات يوم بعد أن أوقف سيارته بعيدًا، وبدأ بملاحقة صبي نزل لتوه من الحافلة المدرسية، فاستوقفه حسون وتوعده بفضحه إن شاهده مرة أخرى في مثل هذا الموقف، ولعل هذا سبب عدائه لحسون والوشاية به.

قبيل العيد استدعي حسون من الضابط المناوب وسأله الضابط:

- توقع وإلا تبصم؟
- أوقع.
- اكتب اسمك ووقع. بتطلع تحت كفالة ابن عامر، هذه أيام عيد، والشيخ أمر بفك المحابيس. ولا عاد تعيدها.

كتب: (حسن شيرزاده) ووقع، ثم قال:

- مشكور ضابط. الله يطول بعمر الشيخ.

ربت ابن عامر على كتفه... الله يظهر الحق، المهم إنك تعيِّد في الفريج.

- إنتوا أهلي.

اغرورقت عيناه بالدموع وهو يخرج من السجن بكفالة ابن عامر، فكان كالمستجير من الرمضاء بواحة موفورة الظلال، وفرح الجميع ببراءته وعودته، وكان للأطفال نصيبهم من هذه الفرحة، لأنهم يجدون في دكانه الكثير من الألعاب التي تزيد من فرحهم بالعيد، مثل الطائرات الورقية، والفرِّيرات الهوائية، وأصناف الحلويات والمكسرات التي تكتمل بها فرحة العيد بالنسبة لهم، حتى أصبح دكانه مخزنًا لكل «عيديات عيال الفريج»، فما إن يجتمع لدى أي طفل أي مبلغ إلا وسارع لشراء مكملات الفرح بالعيد من دكان حسون. وبذلك تكون أرباحه في أيام العيد أضعاف أرباحه في الأيام الأخرى.

أيام العيد

صلاة... بهذه الكلمة تردد صوت أمي بين أرجاء المنزل. هرول شمسوه حاملًا المجمرة تعبق برائحة العود، وتَدافَعنا بالأيدي والأقدام راكضين نحو باب الحمام وصوت المؤذن معلنًا صلاة الجمعة الأخيرة من شهر رمضان، ليبدؤوا الاستعداد للذهاب إلى المسجد، كإعلان لأن نودع رمضان حتى نلتقي به في السنة القادمة.

الثياب البيضاء معلقة، والعود ودهن العود وأنواع أخرى من العطور متوفرة. استعدادًا للعيد، والجميع يركض لأداء صلاة الجمعة ومعهم شمسوه. الله أكبر. يركض ابن الجيران حاملًا طرف ثوبه بيده مندفعًا نحو صالة البيت، اعترضتُ طريقه وقلت:

- تأخرت عن الذهاب للمسجد. يا ويلك من أمي.

جاءني صوتها من وراء ظهري مهددًا:

- يا ويلك أنت... أكملي استعدادك للصلاة.

التفتت تخاطبه بحنو:

- بتلحق على الصلاة إن شاء الله، لا تركض يبه.

كنت أهمس ساجدة ليلة التاسع والعشرين بالقرب من أمي في المسجد بعد انتهاء الإمام من دعاء ختم القرآن:

(يا رب... روحي وسائر كياني... قلبي متعلق بالأماني فلا تخرجني من هذا الشهر إلا وقد كشفت لي سر عذاب، وأسباب حرصه على التخفي، بحيث لا يضيع مني في شتات الأيام القادمة دون أن أتعرف على ملامح وجهه).

صباح العيد انتشر السرور في كل بيوت الفريج، والأطفال في أوج فرحهم، وهم يطوفون على البيوت جماعات وأفرادًا. فرحًا بالعيد والعيدية التي يحصلون عليها من آبائهم وأمهاتهم، ومن جيرانهم حتى وإن لم يمتُّوا لهم بصلة قرابة.

لم أكن لأطيل الجلوس أمام عتبة البيت من الداخل وباب الفناء الخارجي مفتوح على مصراعيه، والأطفال غارقون في البهجة والحبور، يرفلون بأثواب دمشقية من الحرير تارة، وهندية مقصبة غنية بالألوان تارة، وقطنية مفعمة بالحيوية ومليئة بكثير من التفاصيل تارة أخرى.

تتدلى الأقراط اللؤلؤية حتى أطراف أعناق الفتيات، وتحيط الحلي الذهبية بمعاصمهن وتتدلى من أعناقهن. بعضهن يتفاخر بالبخنق وهو لباس الرأس للفتيات الصغيرات والمطرز بخيوط الذهب والفضة، وبعضهن يتعثر في ثوب النشل المقصب بألوانه الزاهية. ينحنون على وجنتي يقبلونها وهم يهمسون:

- عيدج مبارك.

أرد على فتياتهم وأولادهم ذوي الثياب البيضاء، والأحذية الجلدية، والرائحة العطرة الممتزجة بالعود والعنبر.

- عساكم من عايدين العيد.

أقبِّل منهم من أقبِّله، وأسهو عن الآخرين، ومن طاب له شكلي جلس في حضني وعانق خصلات شعري الأسود المنسدلة خصلاته حتى أطراف ظهري، وداعب السلسلتين الذهبيتين اللتين تعانقان تلك الخصلات، ومن قبض العيدية قبل رأس أمي وركض خارج الفناء فرحًا بالنقود التي حصل عليها، لنستقبل فوجًا آخر من الأطفال بنين وبنات.

الجميع قد تلبستهم حالة من البهجة التي لا تُعرف إلا في أيام الأعياد. والكل يردد عبارات التهنئة بالعيد، وأنا متسمِّرة في مكاني، بثوبي الأخضر الحريري، وعقدي الزاهية ألوانه، وأساوري المرجانية.

تخلف أحد الأطفال، وتربع على الأرض تمامًا بمواجهة وجهي محملقًا ضامًّا يديه فوق صدره، وكان قلبي المرتجف يدق سريعًا كلما لمحت طيف ثوب أبيض خارج الفناء، لعله عذاب، ولعل دعواتي قد استجيبت.

وحانت مني التفاتة للطفل وهو في جلسته تلك:

- لقد تخلفت عن «ربعك» وأصحابك.

حملق في وجهي ونظراته الصغيرة الجريئة تنزلق نحو جيدي، فاعترضتُ طريقها بيدي التي أحكمت بها فتحة الثوب عند العنق، وأنا أضع إصبعي السبابة فوق أنفه كأنما أضع حدًّا لخياله، وقلت له بحزم:

- بتضيع عن ربعك. قم الحقهم... يا الله.

أطلق صيحته وهو يقبض على أطراف شعري:

- تتزوجيني؟

وضعت يديَّ على رأسي لجرأته، وقد ظننت أنني اختنقت من ضحكة غصصت بها.

التفتُّ إلى الصغير الملتصق بالأرض وكأنه لا يريد أن يتركها. وهمست في أذنه:

- سأتزوج من عذاب.

وذهب وهو يلتفت إليَّ وفي عينيه نظرات حائرة ويائسة.

العيد ليس مناسبة دينية بالنسبة للصغار، ولكنه مناسبة فرح وبهجة، تمتد لآبائهم الذين يهتمون بتوفير قطع النقد الصغيرة لتوزيعها على الأطفال.

وأمهاتهم اللواتي يجهزن للعيد قبل قدومه بأيام، إذ تُعدُّ أصناف متنوعة من الحلويات.

في انتظار عذاب

لم يكن عذاب اسمًا عاديًّا، ويبدو أنه اختاره بعناية ليسبب لي عذاب الانتظار، وعذاب التكهن بشخصيته الخفية، وعذاب التفكير في أسباب رسائله الغامضة، وكثيرًا ما سألت نفسي:

لماذا هذا الغموض؟

إن كان الهدف هو الاستحواذ على اهتمامي فقد تحقق ذلك، وإن كان السبب هو الخوف مني فقد أخطأ لأن هذا الخوف كان من نصيبي. الخوف من غيابه، والخوف من تراجعه، والخوف من عدم جديته، هل هدفه هو التسلية فقط؟ لئن كان الأمر كذلك فهذه هي الطامة الكبرى، وأنا التي بنيت أحلامًا وردية على علاقتنا المستقبلية التي ستكلل بالزواج دون شك، فهو الفارس الذي أسرني بغموضه وإصراره على الاختباء وراء المجهول، كنت أظن أن شمسوه على معرفة به، لكنني اكتشفت أن معلوماته عن عذاب لا تزيد عن معلوماتي عن هذه الشخصية الهلامية التي لا أستطيع الإمساك بطرف خيط يوصلني إليها، إذ لا وجود لهذا الخيط في الواقع حتى الآن! مضت أيام العيد بأفراحها، ولم يمض هاجس التفكير في عذاب بغموضه وامتناعه عن الظهور، وما زلت أنتظر، وما زلت أرجو ألا يطول انتظاري.

عادت لي صورة نادر فاحترت، وصورة والد سامية فضحكت.

الفصل الثاني

حسون الباحث عن ذاته

قبل بضع سنوات أو أكثر كان حسون لا يكل من العمل، وعلى الرغم من طاعة أخيه رمضان له، فإنه يحمل على كاهله جميع أثقال العمل. الاثنان يتمتعان بأخلاق طيبة وسمعة حسنة، وحظوة مثيرة للدهشة لدى سكان فريج بن درهم، رجالهم ونسائهم، فتياتهم وصبيانهم، وكنت على رأس القائمة أو هكذا وضعت نفسي.

وفي الواقع، كان حسون يهتم بجميع صبية الفريج إلا أنه كان يبدي خوفًا ظاهرًا عليَّ لا يستطيع مداراته. تقول أمي إنه حُرم من الإنجاب بعد أن تزوج من امرأتين لم تأت كلتاهما له بالولد المنتظر.

خابت آماله وقرر أن يقيم بعيدًا عن مكان الاثنتين، عله ينسى ما يهفو إليه فؤاده.

ما زال يذكر تمامًا تلك الليلة التي سبقت رحيله من الساحل الفارسي. كان يستلقي على ظهره في مواجهة النجوم، وذراعه تحتضن جسد ميمونة زوجته الأولى ويتذكر كيف كان ينتظر أن تأتي له بولد وبدلًا من أن ينادى باسمه مفردًا... يقال له أبو علي. فيحاول أن يداري شهقة غص بها حلقه.

كان يردد بينه وبين نفسه:

أعرف أن أباها كان شريفًا للقرية، أعرف أنه وافق على تزويجي بابنته على الرغم من فقري. استدار وضمها إليه:

- أريد أن أتزوج يا ميمونة.

نظرت إلى عينيه:

- لعل الله يرزقك بولد.

دفنت ميمونة بياض وجنتيها في رقبته تحت التماوج البلوري الذي يركض في السماء، ولم تشأ أن يسمع نحيبها.

لم يطل به التفكير، فقد سارع في تعجيل زواجه الثاني عندما اختار زوجته من قرية أخرى، كان على صلة بأحد أقاربها، فدلَّه على أسرتها، كان يجد في بهمن -زوجته الجديدة- أمله الذي لم تخْبُ جذوته في نفسه بعد.

تدخل بهمن الغرفة وتجلس على الفراش المطرز برسوم زرادشتية، خضراء العينين، ورثت ذلك من جدتها التي تقيم في أصفهان، ذات النسل الممتد. فتاة في الربيع السابع عشر من عمرها، موردة الخدين أنفها دقيق، وخصلات شعرها ذهبية، صدرها نافر، وذراعاها بلون الثلج، فرح حسون بمرآها واستبشر.

اعتكف في المسجد ليالي طويلة وقلبه يلهج بالدعاء، تصدَّق على كل محتاج، وأطعم كل فم ظن أنه جائع، ولم يستثنِ قطط الطريق وكلابها. بكى، ونذر، واستغفر، وشق جيبه. وكان بعد كل قيام في المسجد، يظل طوال الليل ساهرًا يتقلب في فراشه. الليالي الخاوية تتبعها ليالٍ مشابهة، ولا شيء يذكر!

فترات صمت!

لم تستطع ضحكات بهمن التي بلغت العشرين من عمرها أن تقطع خياله حتى وهي تلقي بنفسها في حجره.

وحدها ميمونة من علمت بزيارة حسون إلى الطبيب.

لا شيء بعدها!

بهمن الحزينة تعود إلى أهلها.

ميمونة اليائسة تبقى كما أرادت هي. وهو من يرحل!

بكت بهمن:

- لماذا تعيدني إلى أهلي؟ يمكنني الانتظار والذهاب معك إلى الطبيب!

أدار ظهره دون أن ينظر إليها. تلفعتْ بوشاح الشادور، تماوجت خصلاتها الذهبية من تحته، عانقت ميمونة مودعة وهي تنشج، اتكأت على كتف أخيها الذي جاء ليعيدها إلى بيته، سارت وهي تتخيل كيف تعود بعد هذه السنوات دون زوج ودون طفل ودون أب أو أم، وهي التي كانت -ككل النساء- تحلم بزوج محب وذرية صالحة.

فلا الزوج بقي ولا الذرية ظهرت!

في تلك الليلة الأخيرة التي فارقت فيها بهمن البيت، رأى حسون في منامه طائرًا أبيض اللون، كثيف ريش الجناحين، يرفرف فوق رأسها لينعم عليها بالظل، رآه وهو يقترب منها. رآها تبسط يدها إليه فيهوي بمنقاره داخل راحة كفها بشيء لم يتبينه.

رآها تقبله وتقبض عليه وتواصل السير دون أن تلتفت.

شعر بأن ما وضعه هذا الطائر في يدها يخصه هو دون سواه.

طوال الطريق إلى بيت أخيها، كانت بهمن تتذكر ما قالته أمها له قبل ذهابها إلى المستشفى في شيراز، وهي تشكو من مرض قبض على طحالها ولم تنجُ منه:

- أوصيك بأختك بهمن فأحسن إليها، صغيرة يتيمة ليس لها في هذه الدنيا بعدي سواك حتى تذهب لبيت زوجها.

وذهبت بهمن لبيت زوجها حسون وعادت منه خالية الوفاض، إلا من قرطي أمها وخاتمها.

هرب حسون من واقعه، وظن أن سفره إلى إحدى دول الخليج العربية، سينقذه من واقعه، عندما رأى أفواجًا من جماعته تهاجر، صمم على الرحيل مثلهم. كان يستثقل فراق ميمونة، هي زوجته، وهي وطنه، ولم ينس بهمن وهو يستعد للرحيل. ردد وهو يضع قدمه اليمنى على المركب في رحلته إلى المجهول:

- خُدا هافز.

اعتلى المركب مودعًا بندر عباس مقابل مائتي تومان سلَّمها للنوخذة. بدأ رحلته وفي نفسه توق شديد لميمونة، وتوق أشد لبهمن، وتوق أشد وأشد لمولود يبهج قلبه ويملأ عليه حياته، ولم يقدر له الظهور.

ليلة الوصول كانت شديدة العتمة، والهواء كان ساخنًا، والنجوم تتوارى خلف السحب، وحسون يجلس مستندًا على حافة المركب متطلعًا لمدينة خَصَب التي تلوح أضواؤها من بعيد في الساحل العماني.

رسا المركب في ميناء خَصَب، أقدم موانئ محافظة مسندم العمانية. حمل حسون حقيبته الصغيرة وهو يترنح من دوار البحر الذي لازمه طوال الرحلة. دس يده في جيبه يتحسس بقية نقوده، ويمم شطر أحد الخانات ذات الأسعار الزهيدة، بحثًا عن طعام وفراش دافئ، حتى موعد رحلته القادمة إلى رأس الخيمة.

ما لبث أن اهتدى إلى واحد من تلك الخانات المتناثرة على امتداد الشاطئ، جلس مقرفصًا حول منضدة دائرية الشكل من الخشب، تناول عشاءه المكون من حساء السمك المتبل بكثير من البهارات العمانية، يتصاعد منه بخار ساخن مع قطع من الخبز، وبعض شرائح البصل، وإناء من الفخار يحمل الماء البارد، تناول عشاءه بشهية من لم يأكل منذ شهور.

في الصباح فضل الجلوس بعد الإفطار في الخان، ليسترد لياقته من سفر مرهق، وظل يرنو إلى حركة المسافرين مع إشراقة اليوم الجديد من النافذة المطلة على الميناء. كان ينظر إلى الناس وهم يتدافعون في سعيهم لأعمالهم، وقد غلبه النعاس الذي استيقظ منه على صوت صاحب الخان يسأله عن أوراقه الثبوتية. عرض أوراقًا طويت بغلاف جلدي، عليها ختم حكومي وتحمل اسمه.

54

دخل السوق متأخرًا وقد قارب ما لديه من نقود على النفاد، فلم يتبق معه سوى القليل منها، وكان السفر بحرًا أفضل وسيلة للسفر آنذاك، لكنه لم يستطع المضي بعيدًا، وفضل السفر إلى رأس الخيمة، لعله يجد أحدًا من معارفه، الذين سبقوه للرحيل بحثًا عن مصدر رزق جديد ربما يغير حياتهم.

تأمله تاجر الأغذية بدافع من الفضول وسأله:

- هل تنوي البقاء هنا طويلًا؟
- قد لا أعود إلى دياري.

لم يستغرق وقتًا طويلًا بين سفره من مدينة خصب العمانية إلى رأس الخيمة، وبعد استراحة استغرقت ليلة وضحاها، وفي رأس الخيمة سأل عن بعض معارفه فلم يجد منهم أحدًا.

كان يعتزم مواصلة السفر. لكن ضيق ذات اليد جعلت من الصعب الجزم بمواصلة الرحلة، لذا قرر أن يبقى في رأس الخيمة ليبحث عن أي عمل يوفر له مالًا يعينه على مواصلة الرحيل، إلى أن يصل لغايته المنشودة.

ترك حسون رأسه يسقط على مسند المقعد الخشبي، بعد عمل يوم مرهق. وتأمل المكان، بحاجبيه الكثيفين وأنفه المعقوف، حيث جلس في ذلك المقهى الشعبي المغطى بالسعف والجندل وبعض مواد البناء القديمة، الواقع بالقرب من الشاطئ، كأنما ليغتسل بأمواج البحر المتلاطمة، بينما يرتاده البسطاء من الناس لشرب الشاي والسمر. ظل مظهره هادئًا وداخله متقدًا.

لم يدرِ سببًا يجعله يشعر بتلك المرارة التي لازمته طوال النهار، ولم تفارقه منذ ليلة البارحة بعد عودته من المقهى، وعزا ذلك إلى حنينه لبلدته وإلى وجه ميمونة وإلى دفء بهمن! صحيح أنه وطَّن نفسه على الرحيل، لكن من أين له أن ينسى أحبابه هناك. حيث ترك قلبه المكلوم وأمانيه المستحيلة.

هزَّ رأسه يمنة ويسرة ليطرد ذلك الخاطر الذي اعتراه. رآه صاحبه الذي تعرف عليه في العمل وهو يضرب جبهته بباطن يده.

بعد انتهاء العمل، رافقه إلى غرفته التي يتشارك فيها مع اثنين غيره وانتحى به جانبًا وسأله بعد أن عرف قصته:

- لماذا طلقتها؟ لا ذنب لها، وهل الأولاد هم كل غايتك من الزواج، أنسيت راحة البال، والرفقة الطيبة؟

حاولَ ألا تدمع عيناه وهو يشرح كيف وقف أمام الطبيب وهو يتفحص ما لا يجب أن تصل إليه يداه، وكيف قال له بعد التحليلات المختبرية التي أجراها إن الأمل ضعيف في إنجابه، وأوصاه بالصبر لأن الله قادر على كل شيء.

كان حسون يعرف في كل مرة ترد على ذهنه صورة بهمن، أن التعلق الذي يشعر به نحوها لم يغادر معها ولم يمت، كان يتمنى لها عيشة لا تتخللها منغصات، وأن تستدل على حياة جديدة رغم أنه لم يكن يظن ذلك، وكان هذا ما يرجوه ولم يكن يعلم أن بهمن في الأشهر القليلة التي مرت تزوجت وأصبحت حبلى. بينما ظل هو غارقًا في همومه، دون أمل في استعادة ماضٍ رحل برحيله هروبًا من واقع متأزم كان يعيشه، بسبب عقمه. رغم إلحاح بهمن عليه بأن يتحلى بالصبر، غير مدركة أن اليأس، وأن رأي الطبيب الذي لم يشأ لها أن تطلع عليه، قاطعٌ بشأن عقمه، وليس أمامه سوى التسليم بمشيئة خالقه.

زواج بهمن

استيقظت بهمن كعادتها قبل طلوع النهار بعد أن عصبت رأسها بغطاء قطني ملون، شعرت أن داخلها متهالك وهي تشعل النار وتجلس القرفصاء مقابل التنور، تغمس يديها النحيلتين حتى الكوع في وعاء العجين، وهي تتذكر خيبات الأمل التي رافقتها، وتلقي بالخبز في سلة القش المصنوع من جريد النخيل، بعد أن تنتزعه من جدار التنور.

تعودتْ على ذلك كل صباح وهي تخفي ألمها وحسرتها، حتى جاء اليوم الذي مال فيه أخوها عليها وأمسك بيدها وهو يحادثها على انفراد. كل ما فعلته بعدما أنهى حديثه أن حركت خاتم أمها في إصبعها، ونهضت بعد تلك الظهيرة التي تحادثا فيها، أصبح أخوها يلتزم الصمت، حتى مرت أيام دون أن يسمع منها ردًّا واضحًا، وحين كرر سؤاله عن ردها عما أسر به إليها سابقًا قالت:

- أخي أنت تسألني للمرة الثانية وأنا أجيب.
- هل لديكِ أسباب للرفض؟

أجابت بحدة غير معهودة منها:

- لأنهم عرق نجس، أخوه تركني رغمًا عني.
- أستغفر الله ما الذي دهاكِ.

نهض فزعًا واستمرت بهمن جالسة وتمتمت:

- أين وجه الاختلاف؟ عليَّ المواجهة، فأنا لا أستطيع محبة أحد بعد الآن.

لم تكن سعيدة ولم تكن حزينة أمام إصرار أخيها، وتذكرت أنها جمعت ثيابها وهرعت تحتمي بعمة لها من بعيد، لكنها عادت وقد عقدت العزم على الموافقة، حين لم تجد من عمتها الترحيب الذي توقعته.

جاء حفل زواجها الثاني مخالفًا لما سبقه، اختفت منه تلك التفاصيل المدهشة والصخب المثير للبهجة، ولم تستغرق إجراءاته سوى ليلة واحدة بدءًا من طلب يدها وانتهاء بدخولها إحدى غرف منزل عائلتها الذي قلَّت فيه الزهور والحلويات والشموع والهدايا، وما كان منها إلا أن جلست على الجانب الأيمن الذي اختارته لأحد المقعدين اللذين أعدا مسبقًا لجلوس العروسين، وأمامهما مائدة وضع عليها القرآن الكريم وسجادة صلاة، وصينية العشاء، وعلبة مخملية، فتحها رمضان وأخذ منها خاتمًا ذهبيًّا مرصعًا بلؤلؤة، اقترب منها لتقديم خاتم الزواج وتقبيلها عند مفرق شعرها بعد أن أسقط الخمار عنه.

مشت إلى الفراش في حضرة عينيه اللتين ترنوان إليها بشغف. أغمضت عينيها وكأنها لا ترى ولا تسمع ولا تتكلم، بعد أن وجدت نفسها في وضع هي مضطرة إليه.

استسلمت لقدرها المحتوم كشاة تساق إلى المذبح دون أن تملك حق الدفاع عن نفسها للنجاة من مصير لا تريده، لقد عافت نفسها أن تعيد التجربة الفاشلة وكأنها لم تستفد من تجربتها السابقة، وماذا يمكن أن تعمل مع إلحاح أخيها وتصميمه على أن يذيقها من الكأس الذي سبق أن تجرعته وكانت تظنه عسلًا، وإذا هو أمرُّ من المر. كم يخبئ القدر من مفاجآته للناس: ﴿وَمَا تَدْرِى نَفْسٌ مَّاذَا تَكْسِبُ غَدًاۖ وَمَا تَدْرِى نَفْسٌۢ بِأَىِّ أَرْضٍ تَمُوتُ﴾ سورة لقمان، الآية (34). ولو علم حسون أن يومًا سيأتي يحمل معه خبر زواج رمضان من بهمن لما فكر في ترك دياره مهما كانت الأسباب!

وصول حسون إلى الدوحة

كم مر من السنوات على رحيل حسون من بندر عباس، مرورًا بمدينة خصب والعمل في رأس الخيمة، حتى وجد نفسه وحيدًا عندما وصل إلى الدوحة، حين رسا به المركب في خور العديد، وقد كانت الدوحة هدفه منذ أن قرر الرحيل، بعد أن سمع عنها الكثير، وعن فرص العمل فيها أكثر.

واصل السفر إلى مدينة الدوحة بعد أن أقله أحد سائقي الأجرة في سيارته البيك آب قديمة الصنع إلى فندق «بسم الله» وهذا ما يعرفه الجميع عن وصوله إلى الدوحة، دون ذكر ما مرَّ به من عناء في هذه الرحلة.

في مخارج سوق واقف وأزقته الضيقة حيث الدكاكين الصغيرة متلاصقة، والزحمة على أشدها، عمل حسون حمَّالًا، وكان يبدو أكثر شبابًا رغم انحناءة ظهره، وهناك التقى مع بعض الوافدين من فارس، ممن استراح لهم واستراحوا له، وفي بعض الليالي الحارة، حينما يجتمع مع المقربين إليه منهم في غرفته الضيقة ذات النافذة الخشبية الوحيدة، يفضي لهم بما يحمله صدره.

لم يستمر به الحال في سوق واقف، إذ لم يحل عام 1965 حتى انتقل من العمل كحمَّالٍ في سوق واقف إلى محل إصلاح عجلات السيارات في «نجمة» وبعد خمس سنوات اتجه إلى «فريج بن درهم» ليعمل بائعًا في دكان الفريج، ولم يلبث أن تحول إيجار الدكان باسمه بعد أن قرر المستأجر السابق التخلي عنه، ومن هنا كانت البداية لعلاقة حسون بالفريج وأهله، حيث استقر وطلب من أخيه رمضان أن يأتي للعمل معه.

ذات يوم وصلته رسالة، تناولها بيد مرتجفة لأنه لم يتعود على استلام الرسائل من أحد. قربها من عينيه وقرأ اسمه على الغلاف الخارجي.

(لحضرة جناب الأخ المكرم حسن شيرزاده).

كان المُرسل صاحبه الذي تعرَّف عليه في رأس الخيمة، قد بعث بها إليه مع أحد الوافدين الإيرانيين ممن علم منه أن وجهته الدوحة. استند حسون إلى الحائط. فض غلاف الرسالة وقرأ.

(بسم الله الرحمن الرحيم،

أخي المعظم حسن شيرزاده، سلام الله عليك، أما بعد...).

وأوجس خيفة. ساد الترقب، خشي أن يواصل القراءة، فهو لم يتوقع أن يتلقى رسالة من صاحبه هذا، ما لم يكن في الأمر ما يدعو لذلك، وقبل أن يطوي الرسالة قرأ: (أظن من الأفضل أن تظل بعيدًا عن تتبع أخبار بهمن وألا تعود حتى تشفى جراح قلبك). وتجاوز أسطرًا ثم قرأ... (بهمن قد تزوجت) ولم يقرأ ما بقي من الرسالة، فقد أُرتِج عليه، وشعر كمن فقد عزيزًا، وهو المدرك بأن لا أمل له فيها، لكنه مرغم على الاعتراف لنفسه بأن قلبه ما زال متعلقًا بها.

جلس حسون على سرير مستشفى الرميلة وقد طوى الرسالة في جيبه. جاء به سائق التاكسي باتان باكستان وقرر أن يبقى معه. ابتسم الطبيب وهو يستشف آثار الدمع في عينيه المحمرتين قال:

- قلبك حديد تستطيع الخروج والمشي على قدميك.

- الدواء حضرة الطبيب؟ سأل باتان باكستان.

قال الطبيب:

- النوم.

حدث حسون نفسه:

(تعرفين يا بهمن كيف تضيق عيناي على وجهك. يا للعجب! ما الذي أتى بي؟ أنا لا أريد نقودًا، حقًّا ما أقول. ماذا أفعل بعيدًا عن بلدي؟ بعيدًا عن ميمونة؟ بعيدًا عنك؟ يقول الطبيب: النوم دوائي!)

هب واقفًا يدور في الغرفة.
ماذا لو كان صاحبه يكذب في رسالته؟
ارتاح لهذا الخاطر، ولم ينم.

في اليوم التالي: استأنف حسون كتابة رسالة يسأل فيها أخاه رمضان عن موعد قدومه إلى الدوحة، وقد هيأ له مكانًا وسأل على استحياء (بهمن كيف أصبحت الآن؟). خشي أن يوافيه رمضان بما يزعجه عن بهمن، ووطَّن نفسه على أسوأ الاحتمالات، رغم ما يشعر به من ألم حيال خبر زواجها.

جاء رمضان بعد عدة أشهر يحمل عسلًا و«مهياوة» وهي أكلة شعبية مشهورة في إيران، تصنع من صغار الأسماك، وتغمس في الزيت، وتؤكل مع الخبز.

تثير كلمات تلك الرسالة التي تلقاها من صاحبه حربًا داخل رأسه، رمضان صامت يتثاءب فوق الفراش البارد غطى نفسه، أدار ظهره وتعالى صوت شخيره.

وراء الدكان كان مسكن حسون ملائمًا، فهو وأخوه ينامان في الغرفة ذات المدخل المؤدي إلى الدكان، كانا يطبخان ويأكلان فيها، وحين يأويان إليها في المساء يتحدثان عن الدكان، وكيف أحدث تأثيرًا في حياتهما، وحينما يقترب حسون من الحديث عن أخبار بلدته يتعالى شخير رمضان، بوتيرة تدفع إلى الشك.

لماذا لا يريد رمضان الحديث عن بهمن؟

جرى الحديث أولًا عن مبيعات الدكان ولم يكن حسون يعلم بأسباب هروب رمضان من الحوار معه، ومناقشة كل الأمور بوضوح كما جرت العادة، سواء في موضوع الدكان أو غيره، بدل اتخاذه من الصمت ذريعة.

في فترة ما بعد الظهيرة في ذلك اليوم حينما كان أطفال الفريج يتجمهرون أمام الدكان بأقدامهم العارية، يتراكضون وهم يمارسون بعض الألعاب الشعبية،

نظر حسون بحزن إلى بهجتهم، وتذكر حاله، ودون أن يشعر قال لرمضان:
- ما زالت بهمن في قلبي؟

لم يجد ردًّا شافيًا من رمضان، وهو الذي يتحاشى الحديث عن بهمن، ولكن لسبب لا يعرفه.

حسون توسد التكية وتساءل عن ميمونة بعد وفاة أبيها كيف هو حالها؟ ومزرعتهم الصغيرة هل تطرح رطبًا؟ وكان قد استلم مؤخرًا رسالتها.

(بسم الله الرحمن الرحيم،

أما بعد:

فقد انقضى وقت طويل بعد آخر مرة سألت فيها عن الأحوال. نشكرك على النقود التي بعثت بها إلينا. نتمنى لك أحوالًا ميسرة وصحة جيدة. اكتب إلينا، حتى لو تباعدت الشقة بيننا، لو استطعت أن تحضر فافعل. نبعث إليك أعمق التحية، وننتظر قدومك بفارغ الصبر).

زوجتك ميمونة

شمسوه والخبر اليقين

ويأبى شمسوه إلا أن يفاجئني بالأخبار غير السارة:

- فرحوووه. ما في هذا رجال رسالة... هذا نفر ثاني!

أراد أن يخبرني أن ثمة رجلًا آخر قادمًا غير صاحب الرسائل.

ورفعت يدي مهددة.

- اسمي فرحة.

- فرحوووه... هذا رجال واحد ثاني. إنتِ مجنون؟

مهما كانت أخبار شمسوه فهو يراها مهمة إذا كانت ذات صلة بي، فلا يحتفظ بها لنفسه، بل يسارع لإخباري بها، دون التفكير في نتائجها. وعند «شمسوه» الخبر اليقين. توقفت عن تلوين شفتي بالعصير الأحمر الذي كنت أشربه.

التفتُّ متسائلة:

- إذن من؟

ضحك وهو يضع يده على فمه يخفي سنًا مكسورة.

- ما أدري.

استعطفني شمسوه وهو يولول بسنه المكسورة، وعرجة إحدى قدميه التي لم يلتفت إليها أحد سواي منذ عمل لدينا.

- فرحوووه!

تقدمت نحوه حيث أشار فوجدت رجلًا أكثر شبابًا وأقصر قامة مع أمي وحسون. صاحت بحزم حينما رأتني:

- غطي رأسك.

كنت أحملق في القادم الذي كان يتحاشى النظر إليَّ.

كان ذلك الرجل من الذين يعتقدون أنهم رسل السلام إذا جمعوا بين رأسين في الحلال، لكن جهودهم ليست دائمًا ناجحة، حينها ينقلب الشكر فيهم إلى ذم إذا فشلت مساعيهم.

بين جنبات مساء هادئ مُدت فوق الأرض مائدة العشاء البلاستيكية، أُحضرت الصحون وأنا أعتلي دكة «الليوان»، وأربط خصلات شعري بخيط حريري ينزلق في كل حين، وأنا بانتظار ما تسفر عنه هذه الزيارة.

أمي تنادي:

- «مهياوة» إيرانية من رمضان.
- ما حبيته هذا الرمضان.

عندما سمع شمسوه هذا الحوار وقد كان حاضرًا، قال مدمدمًا:

- فرحووووه!

بعد أيام زارتنا حمدية أم محسن وطلبت أن أجلس بجانبها، مسدت بيدها ضفيرة شعري، ولامست عنقي وأنا أحملق في عينيها، سألتها:

- ابنك ماذا يعمل؟
- محسن! ما شاء الله عليه. كل يوم يكسر سيارة!

حمدت الله لعودة أمي. كنت قد ضقت ذرعًا بالمرأة.

تركتهما تتبادلان الابتسام والحديث في أمور توجست منها خيفة، لكني كنت واثقة من أن أمي لا شك تريد لي الخير في قراراتها المعلنة وغير المعلنة، وقلت للمرأة التي بجانبي وأنا أغادر المجلس، وبصوت لا يكاد يسمع: إني مخطوبة.

اضطربت، ثم عادت إلى هدوئها لتتحدث مع أمي.

في وقت لاحق حضر عدد من الرجال. اضطر شمسوه أن يحضر برميلًا حديديًّا مهملًا وأن يسنده على جدار مجلس الرجال الخارجي الذي تطل

إحدى نوافذه على فناء البيت قريبًا من نافذة غرفتي. ازداد فضولي شيئًا فشيئًا لمعرفة ما يجري من وراء ظهري، والآن عصفت بي تمامًا الرغبة في رؤية محسن الذي يكسر كل يوم سيارة كما وصفته أمه منتشية به! وتصورته رجلًا عملاقًا يحمل هراوة ضخمة، ويهجم كل يوم على سيارة، ولا يتركها إلا بعد أن يهشِّمها هي ومن فيها.

اعتليت البرميل الذي برز صدأ حديده، وخفت أن أجثو على ركبتي كلتيهما حتى لا يهتز وأقع، ويفتضح أمري، لكن شمسوه كان متشبثًا به بقوة، وحينما نظرت كان الجميع في حالة ضحك، ورائحة القهوة تعبق في المكان، وقد خيم على الجميع سرور دفعهم إلى مزيد من الضحك حتى بدت نواجذهم، وبحثت بين الرجال فالتقت عيناي بعينين صغيرتين ركضتا رعبًا حينما التقت بعيني خلال نظرة خاطفة رفع محسن فيها رأسه.

(لقد نلت منك يا ذا العينين الصغيرتين).

سمع شمسوه ذلك، وأنا أقفز من أعلى البرميل وأعود إلى غرفتي من خلال قضبان نافذتها الحديدية، فقد ساعدني قوامي النحيف وطولي الفارع على التسلل من خلالها في الذهاب والإياب، فما كان عليَّ سوى أن أقفز على السرير الذي يقع تحتها، وأغلق الزجاج وأسدل الستارة.

ما يجب معرفته أن تلك المساحة الخلفية من البيت حيث اعتليت البرميل الحديدي، كانت في تلك اللحظة تحت نظر عيون ابن الجيران المتلصصة، الذي تعود أن يعتلي سطح منزلهم ويلعب، وما كان منه إلا أن هبط راكضًا متسلقًا جدار بيتنا، واندفع إلى حيث النسوة مجتمعات مع أمي ليبلغها كيف أنه رآني أتلصص على الرجال في المجلس، ولم يعره أحد أي اهتمام.

انتهى كل شيء في يومين. وشمسوه ما زال يعلن لكل من يواجهه أني سأصبح عروسًا عما قريب. كنت أجلس في مقعدي المعتاد على دكة الليوان.

نفت أمي الخبر. جاءت حمدية أم محسن في منتصف الأسبوع لتشتركا معًا في جدال حول سبب الرفض. أنهته أمي بأني ما زلت صغيرة، رددت هذه الجملة لكل خاطب أتى بعدها: «لا يغركم طولها تراها صغيرة».

لم يكن على لسان أمي غير الذي قالته لأم محسن في أول الأمر، أما ذو العينين الصغيرتين فقد رفض التصديق، وأصر على العودة، كنت ألزم الصمت. أثار ذلك حفيظة شمسوه وتمنى زواجي، ربما ليتخلص من إزعاجي الدائم له، ولم تتراجع أمي عن موقفها، حتى بعد أن استنجد سيف والد محسن بوالدي وهو يقول:

- إحنا شارينكم فلا تبيعونا. موقفكم غير منطقي.

والدي لم يكلف نفسه عناء الرد عليه، وحده أخي أعلن موقفه المتضامن مع موقف أمي في رفضها، حين قال:

- ما فائدة رجل يعتمد على أمه، وعيونه صغيرة، أما مسألة أنه يكسر سيارة كل يوم، فهذا يعني أن مكانه الطبيعي هو مستشفى المجانين، إلا إذا كانت سيارة لعبة، فهذا ما يليق به، ويناسب ضآلة حجمه. (وأتبع ذلك بضحكة مجلجلة)

ما قاله أخي لاقى هوى في نفسي، وقلَّدت بسخرية عبارة حمدية أم محسن حين قلت: «تسلم لي يا ضناي». ما لا يعرفه الآخرون عن أمي أنها إذا راقت لها الظروف، أمطرت الخصم بسيل من العبارات الساخرة المرحة ولذلك استحسنت تعليقي، وجادت عليَّ ببسمة رضا. وهو الأمر الذي أثلج صدري. وفرحت ببسمتها لأنها أضفت على تعليقي أهمية خاصة.

توقف عذاب عن كتابة الرسائل، هل يعتقد أنه أغواني واكتفى؟ المزعج. لقد اختفى.

لكن، هل اختفى بالفعل من تفكيري؟

مأساة بهمن

قال الطبيب حانقًا مشمرًا عن ساعديه:
- لقد تأخرتم كثيرًا في إحضارها، على أحدكم أن يوقع الأوراق لإجراء جراحة عاجلة.

ساعدتها الممرضة على خلع ملابسها، تمددت بهمن فوق السرير. بيضاء، عارية الساقين والذراعين، كانت تتألم وترتجف، وتعض على شفتيها، حينما رفع الطبيب ساقيها برز رأس الطفل. صرخت وأضاعت صوابها.

جاءت الصغيرة بخديها المدورين الورديين وشفتيها القرمزيتين وخصلاتها الذهبية وبشرتها شديدة البياض الأشبه بالثلج، ضمتها الممرضة إلى صدرها وهي تمسح مخاطها الذي اختلط بالدمع، وبللت بعض قطراته وجه الطفلة، سارت بها خارج غرفة الولادة. فجأة اختفى كل ألم. سكن كل شيء. ساد الغرفة وجوم، وكأن الدنيا قد توقفت عن الحركة عندما سمع رمضان الخبر. فارقت بهمن الحياة، قبل أن تكتحل عيناها بمرأى فلذة كبدها، واكتفى الدكتور بأن قال لزوجها:
- لا حول ولا قوة إلا بالله.

رمضان اجتاحته دوامة القلق، وتمثل له حسون ناقمًا على خيانته، بعد أن طعنه من الخلف، وكان بإمكانه أن يستأذنه، من باب العلم بما هو مقدم عليه.

كان جسد بهمن ملفوفًا بقطعة قماش بيضاء بسيطة، ثم وُضِعَ على نقالة وغُطِّيَ وجهها. وبعد الانتهاء من تغسيلها وتكفينها، حملها المشيعون على

أكتافهم وهم يرددون لا إله إلا الله، والله أكبر، ولله الحمد. تبعهم جمع من الأطفال يركضون وهم يتدافعون ويضحكون، نهرهم أحد الرجال وطلب منهم العودة إلى بيوتهم، عاد الأطفال أدراجهم ومضى الجسد إلى مثواه الأخير، بعد أن أدوا عليها صلاة الجنازة:

جلس رمضان متهالكًا يحيط به جمع من المعزِّين ينظر إلى الموائد التي اصطفت عليها ألوان من الأطعمة وأكواب الشاي الأحمر المذاب فيها قطع السكر الصغيرة «القند»، وضوء النهار يخفت ببطء، وشرر لهب الفحم المتقد في حوش العريشة لإعداد «القدو» يتعالى دخانه، وأصوات نحيب النساء ترتفع. وتستمر الدعوات للفقيدة بالرحمة والغفران.

وفي وقت سابق كان حسون قد استلم من رمضان الرسالة الآتية:

(بسم الله الرحمن الرحيم

أما بعد: فحينما تصلك رسالتي هذه أكون قد وصلت بلدتي، وأعلم تمام العلم أنك سوف تغضب على فعلتي، لكنك سوف تغضب أكثر حين أحكي لك القصة كما شاء لها القدر أن تكون، لا كما نحن نشاء، إني متعب ومرهق ولست سعيدًا بذهابي عنك، وحين تعرف قد تعذر، تعال على وجه السرعة).

رمضان

سافر حسون واختار المطار الأقرب، وبعد وصوله ركب حافلة المطار التي تنقله إلى محطة الأوتوبيسات العمومية، ومنها اختار الأوتوبيس رقم 75 الذي يوصله في رحلة تستغرق أحيانًا يومًا كاملًا أو أكثر حتى يصل إلى بلدته، وهذا ما حدث معه، وهو غارق في أفكاره لا يعرف ما يخبئه الغد من مفاجآت.

استغرق وصوله يومًا ونصف اليوم، إذ لم يشأ سائق الحافلة أن تتحرك قبل أن يكتمل عدد الركاب خمسة وعشرين راكبًا.

عند سماع خطوات القادم كانت أعمدة سرادق العزاء قد رفعت ولم تترك منها سوى بقايا دخان (القدو)، الذي لم يكن يخلو منه مجلس فارسي رجالي أو نسائي سواءً كان في مجلس فرح أو مجلس حزن.

نظر أحدهما إلى الآخر قبل أن ينطق بشيء....!

الآن أصبح حسون يرى كل شيء بوضوح، كيف اختلط الأمر عليه؟ ظن حسون حينما وصل متعبًا مرهقًا حائرًا أنه سيقضي أيامًا قصيرة ويعود بعدها قبل أن يتنبأ بكارثة شاملة تنتظره ولن تعيده إلى الدوحة بسرعة، وأنه لن يغادر هذا المكان زمنًا طويلا.

رحلت بهمن وتركت صغيرتها، وتكشفت لحسون الحقيقة المرة. رمضان تزوج بهمن الأم في غيابه، بمساعدة ميمونة، وبعد إلحاح شديد منها، حتى تحقق لها ما أرادت.

بعد وفاة بهمن ألحت ميمونة وذرفت الدمع في طلب بهمن الوليدة. لا يحسب رمضان حسابًا لليل أو نهار، يداري حزنه بالصمت، وقد يئس لجهله بكيفية تربية رضيعة لم يكن لها سواه.

لم يكن ثمة نسيان... ظلت بهمن تدور داخل رأس حسون، بدافع من الندم، حتى فاجأه رمضان باقتراح لم يكن يتوقعه، وكأنما أراد له أن تظل بهمن هي هاجسه الأبدي، بهمن الأم ثم بهمن الطفلة. أخيرًا وافق على قبول اقتراح رمضان بأن تحمل الصغيرة اسم أمها، وتُسجَّل باسمه، بذلك وجد حسون نفسه أبًا، ولكن ليس كما أراد، وفي الوقت نفسه تحققت لميمونة رغبتها في إشباع عاطفة الأمومة لديها.

في المدينة التي تبعد عن قريتهم مئات الكيلومترات وراء مكتب تسجيل المواليد، يجلس شاب متوسط العمر متأنق بزي المدينة وأمامه أوراق صفراء وختم الولاية وقلم غمسه داخل المحبرة.

نظر إلى الواقف أمامه وهو يتساءل، يبدو أن شيئًا يزعجه، قال:
- الاسم كاملًا أيها السيد.
- بهمن.

صمت ومعاول خفية تمزق جسده. تردَّدَ... ثم تحشرجَ صوته ثانية... وهو يقول:
- بهمن حسن شيرزاده.

قبلت ميمونة أن تربي بهمن الصغيرة بعد أن أصبحت تحمل اسم حسون، وهو زوجها الذي كانت تتمنى له أن يخلف من يحيي ذكره بعد رحيله.

رمضان اختفى ولا تزال في قلبه بقايا ندم على ما فعله بأخيه وبزوجته بهمن وبطفلته بهمن الصغيرة.

لا يعرف حسون لِمَ تذكر ذلك الحلم الذي زاره ليلة وداعه لها قبل سنوات عندما رأى في منامه طائرًا أبيض اللون، كثيف ريش الجناحين، يرفرف فوق رأسها لينعم عليها بالظل، رآه وهو يقترب منها. رآها تبسط يدها إليه فيهوي بمنقاره داخل راحة كفها بشيء لم يتبينه. رآها تقبله وتقبض عليه وتواصل السير دون أن تلتفت. شعر بأن ما وضعه هذا الطائر في يدها يخصه هو دون سواه.

حاول أن يربط بين هذا الحلم، وما يمر به الآن من أحداث وتفكير في بهمن الراحلة وبهمن الصغيرة، لكن خياله لم يسعفه، للوصول إلى تفسير ذلك الحلم. ثم نسيه مع مرور الأيام.

وردد حسون في سره:

(يا قرة العين، وبهجة الفؤاد، أتسمحين لي بالسؤال؟ كيف استطاع أخي أن يمرر باطن كفه من عنقك وحتى بطنك ممهدًا لزرع بهمن في أحشائك، كيف لم تنتزعيها قبل أن تستكيني إليه، كنت أحسب رمضان رجلًا طيبًا!

لقد فجعت مرتين، مرة بزواجك من رمضان، ومرة برحيلك من دنيا لم تسعدي فيها بحياة هانئة.

بهمن الصغيرة ستذكرني بك ما حييت، وليكن الله في عوني وعونها، وأسأل الله أن يمد في عمرها، وأن يلهمني الصبر على فراقك... ليتني لم أرحل ولم أفارق أرضي لأبقى بجانبك، فذلك يغنيني عن الدنيا وما فيها، آهٍ لو تعرفين كم أسفت على الرحيل يا بهمن).

العودة إلى الدوحة

هدوء تام. فقط صوت أزيز محرك الحافلة التي تقله من قريته إلى المطار في رحلته إلى الدوحة، رغم أن مصابيح الطرقات مضاءة، فإن بقع الظلام لم تتلاشَ وسط هدير المطر الذي يغسل الأرض، لتحرثها حوافر عجلات السيارات، لم يكن أحدٌ جالسًا على الكرسي الجلدي البارد سواه مع حقيبة سفر صغيرة يحتضنها صامتًا إلا من خيباته، وفي الطائرة رغم كثرة الركاب لم يكن يشعر بمن حوله، منكفئًا على ذاته، حتى وصل إلى الدوحة لتصفعه موجة من الحر الشديد، حتى وصل إلى دكانه.

أدخل المفتاح الحديدي في قفل الدكان محدثًا صريرًا، استقبلته رائحة الرطوبة وبقايا خبز متعفن، علق ثوبه على المشجب ووضع حقيبته على الأرض، وقف تحت الماء البارد يرتعش ويدعك عينيه لعله يزيل آثار البكاء، والفجر القادم ينذر بالبزوغ. تمنى ألا تشرق شمس ذلك الصباح ليتسنى له النحيب أكثر، بعد معاناته في سفر لم يظن له هذه النهاية الغريبة، فقد أصبحت له ابنة تذكره بأمها، وهو يتمنى أن لو كانت صبيًا.

عاد إلى عرينه كأسد مهيض الجناح، كسرته الأحداث بما لا يطيق. الجو رطب والحرارة قاسية، اجتمع الأطفال أمام بوابة الدكان، فتح الباب وشمر عن ساعديه. أخرج الحلوى المثلجة من الكرتونة ووزعها، وفي ذهنه بهمن الصغيرة، وقال:

- بدون فلوس اليوم.

رشقه الصغير بنظرة ثاقبة وهو يمسح بكم ثوبه بقايا مخاط علق بأنفه:

- حسون ليش تصيح؟

وضع الكرتونة وذراعه معلقة في الهواء: تراب.

الفصل الثالث

مجلي وشاهينة

عانت زليخة أم مجلي من أمراض أنهكت جسدها، فيما كانت بومباي هي موطن العلاج لمعظم الخليجيين في تلك الفترة، لقربها من دول الخليج، حيث تستغرق الرحلة من الدوحة إلى بومباي حوالي ساعتين ونصف، وهي المدة التي تستغرقها الرحلة من الدوحة إلى بيروت تقريبًا. فلا عجب من أن تكون مصيفًا للباحثين عن العلاج، ومشتى للراغبين في السياحة، كانت التجارة بين بومباي ودول الخليج في أوج نشاطها، من خلال هجرة بعض العوائل الخليجية إلى تلك الديار.

استيقظت زليخة ووجدت نفسها في «مستشفى إليزابيث» بوسط بومباي، جالت ببصرها في أرجاء المكان، ونظرت إلى الجدران البيضاء، والخزانة الخشبية ذات الألواح البنية، والنافذة المطلة على حديقة شاسعة تتوسطها مقابر ذات شواهد رخامية، لم يرتفع بصرها أكثر. عرفت أنها نزيلة المستشفى فغفت.

بعد أسابيع عندما زارها مجلي ذات صباح، تفحصت عينيه فأيقنت أن وراءه سرًّا لا شك سيفصح عنه لها قبل غيرها، واستنشقت عبق الياسمين الذي علق بعنقه من مخدع عرسه ليلة البارحة، فازدادت ظنونها يقينًا بأن وراء الأكمة ما وراءها، وكان بالفعل قد تزوج من شاهينة دون علم أمه.

أحد معارفه من ذوي الإقامة شبه الدائمة في بومباي، عندما علم برغبته في الزواج نصحه أن يتزوج من الضواحي وليس من المدينة، وبعد البحث وجد من رشح له الزواج من أسرة فقيرة، لضمان موافقتها على التغرب، وحتى لا تكون تكاليف الزواج باهظة بالنسبة له.

فحص الطبيب ضغط دم أم مجلي وأوضح بأن عملية زرع الكلى تستغرق وقتًا، وعليه أن يترك رقمًا قريبًا منه، فيما استوطن مجلي سرير أمه عندما نُقلت إلى غرفة العمليات. تمدد فوق المخدة يشم رائحتها، وأبى أن يغادر حتى تعود من غرفة العمليات، وتمنى لو أن بإمكانه أن يعطيها من عمره ما ينقذها من المرض.

نامت عيون زليخة في غرفة العمليات إلى الأبد، وبعد أن استيقظ مجلي من هول الصدمة، بكى بحرقة، لم يكن يتوقع أن الأمور ستؤول لما آلت إليه. كان فرحًا بزواجه، فأصبح حزينًا بفراق أمه، وزاد من حزنه أنها رحلت دون أن تعلم بزواجه وتفرح معه.

غادر المستشفى إلى الملحقية القطرية في بومباي، ثم عاد منها منهكًا، وتربع أمام غرفة ثلاجة الموتى وبيده تصريح سفر للجثة. مضت بمجلي تصاريف الزمان إلى ما لم يكن في الحسبان.

الطائرة تحمل ضمن ما تحمل على متنها امرأتين ورجلًا، وآخر ظل متواريًا عن الاهتمام كما أمره مجلي. امرأة خُضب بالحناء باطن قدميها وظاهر كفيها، تجلس على مقعد بجواره في الطائرة، وامرأة ثانية ترقد في صندوق خشبي في باطن الطائرة، عندما حطت على أرض الدوحة، حلَّت على مجلي موجة من الثبات وهو ينظر إلى سيارة الإسعاف وجمع من أسرته وبني عمومته الذين توافدوا بانتظار وصوله.

ذلك الرجل الذي لم يلتفت إليه أحد هو أخوها شمس الدين. ومنذ وطئت قدماه أرض الدوحة، ظل ملازمًا لشاهينة كظلها، وعيناها تستجديه الطمأنينة، بأن كل شيء بخير. سار ممتثلًا إرشادات مجلي الذي تلاشى وسط الجمع، بعد أن أوصى صاحب التاكسي باتان باكستان بنقلهما إلى الفندق.

لم تكن زعفران أم حمد تعرف أين يختفي زوجها مجلي في تلك الأيام التي يغيب فيها، وكان يبرر غيابه بترحاله مع الشيخ، فلم تعد تسأل بعد أن أَلِفت

غيابه ما دام يعود إليها محملًا بجميع ما تطلب وما لا تطلب من الخيرات. وكعادتها استمرت زعفران تنثر على الفراش ريحانًا مندى بالعطر وترتدي ثوبًا أنيقًا طمعًا في أن يقربها من زوجها، لكنها تفاجأ بصوت شخيره الذي يسبق شوقها إليه. وتظل زعفران في حيرة من أمر إهماله لها بهذا الشكل غير المعتاد.

عندما علمت بزواجه من شاهينة، ذهبت إلى الشيخ تشكو له أمرها لعله ينصح مجلي بالتخلي عن تعدد الزوجات، ضحك الشيخ بصوت عال، كانت معلومة جديدة بالنسبة له أن يستمر مجلي بو حمد في الزواج، قال ذلك مازحًا بعد أن أمر بتكريم أم حمد لزيارتها له، وهي التي أتته شاكية إصرار مجلي على تعدد الزوجات لا طمعًا في كرمه. قال:

- من يفكر في الزواج بهذه الطريقة قادر عليه.

ساد الهدوء. رفع نظره:

- ليتني أستطيع فعل ما يفعل. عودي لبيتك يا زعفران. مجلي رجل مخلص وعادل.

لم يكن أمامها سوى الرضوخ للواقع.

كانت أمي وحسون وباتان باكستان يعرفون خبر مجيء مجلي بامرأتين من الهند، أمه المتوفاة وزوجة صغيرة خبأها في مكان لا يعرفه إلا باتان باكستان، حينما أوصلها مع أخيها شمس الدين إلى ذلك الفندق، حسب أوامر مجلي.

اعتبر مجلي نفسه محظوظًا بزواجه من فتاة الهند، كان يرغب بمزيد من الأولاد، فمنحته شاهينة بنتًا سماها زليخة تيمنًا باسم والدته. الأمر الذي غضب منه ابنه حمد، إذ وجد في زواج والده من هندية إساءة مباشرة لأمه، وزاد من حنقه أن أخاها الأعرج وهو يعمل خادمًا في أحد البيوت سيكون خال أخته زليخة التي أنجبتها شاهينة في غياب والده.

إثر عودة مجلي من إحدى رحلاته مع الشيخ، زار شاهينة التي كانت لا تزال في الأيام الأولى للولادة. انحنى مجلي وقبّل رأسها وحمل الرضيعة،

جلس بجانبها على السرير ولم تنسحب بعيدًا عنه، ولم تطلب منه أن يترك يدها، بل اقتربت منه وهو يضع ذراعيه حولها، وبدت كمن يشكو حاله لمن بيده أمره، مستكينة لقدرها ومستسلمة لواقعها، ومجلي يهمس في أذنها:

- الطفلة سميتها زليخة تيمنًا بأمي، اعذري تقصيري معك شاهينة، سأنقلك بعيدًا عن ضجيج حمد، وسآتي بأخيك ليعيش معنا.

وتسارعت الأحداث فلم يفِ بوعده، بل نقلها للعيش مع زعفران.

لم يكن مجلي حاضرًا ليلة ولادتها، فقد كان الشيخ الذي يعمل بمعيته يرفض إلا أن يصحبه في كل سفراته، وكان يتمنى أن يعفيه من الذهاب هذه المرة بانتظار ولادة زوجته، لكنه لم يقبل أية أعذار، وجاءت المولودة قبيل بزوغ الفجر، بشعر حريري كثيف، وأنف يشبه أنف أبيها، وبشرة أقل سوادًا من أبيها. استقبلتها زعفران، وشاركتها ابنتها صالحة في العناية بها، حدثت صالحة نفسها بأنها ستكون صديقتها في المستقبل، ولن تتخلى عنها في كل الأحوال، تتنازعها مشاعر الشفقة والمحبة لهذه الطفلة التي لا تحمل وزر أحد عندما جاءت إلى الدنيا، وفي هذا الأمر كانت على النقيض من أخيها حمد، الذي لم يطق زواج والده بأخرى، ولم يطق أن تنجب له أختًا، ودفعته نفسه إلى الشعور بالنفور من أخته الصغيرة، وهي التي تحمل اسم جدته بناء على رغبة والده. لكن حدة طبعه كانت وراء كثير من الإشكالات في حياته.

شمسوه يبث حزنه

شمس الدين الذي تحول اسمه فيما بعد إلى شمسوه، التقى مع حسون أكثر من مرة عند تاجر الأغذية، وهو يشتري حاجيات بيت مجلي الذي كان يقضي قيلولته مع شاهينة في الفندق، فإذا انتهى من التسوق يكون مجلي قد انتهى من شاهينة، مجلي يضع المشتريات في سيارته ويذهب حيث يكون زعفران في انتظاره. كان هذا قبل نقل شاهينة من الفندق إلى بيت مجلي.

كان الشيخ خليفة بن حمد قد سن لبعض الأسر ما يسمى «الشرهة» وهي عبارة عن مبلغ مالي يصرف من الديوان الأميري، وقد أوكل أصحاب هذه الأسر أمرهم إلى التجار الذين يبتاعون منهم مؤونتهم الغذائية من أرز، وسكر وسمن وطحين. كان حسون هو المكلف بجلب المؤونة الخاصة بنا من ذلك التاجر، تكررت لقاءات الاثنين وتوثقت العلاقة بينهما، مما أتاح لحسون أن يعرض عليه العمل في منزلنا بعد أن نبذه مجلي خوفًا من معرفة الناس بأنه أخو زوجته، خاصة وأنه نقلها إلى منزله لتعيش مع زوجته زعفران وابنه حمد وابنته صالحة. مع أن الأمر لم يكن مستنكرًا اجتماعيًّا، فغيره كثيرون تزوجوا من الهند، وعاشوا مع زوجاتهم في هناء، دون وجود ما ينغص عليهم حياتهم، لكن خوفه من لسان حمد الحاد كان وراء تكتمه في البداية حول هذا الزواج.

الأيام الأولى من وجوده في بيتنا لم تكن مريحة لشمسوه حين لم يسلم من المضايقات التي كنت أسببها له ولغيره، حتى تعود علينا وتعودنا عليه، وذات ليلة وفي وقت متأخر تفاجأت بحركة مباغتة من شمسوه وهو يصرخ: بسم الله الرحمن الرحيم.

أنار المصباح المعلق في سقف المطبخ، حينها شاهدني أعتلي الصندوق الخشبي الذي تحتفظ فيه أمي بأوانيها الفضية، ورأى أبخرة كوب الشاي بالحليب الساخن تتصاعد. كان صوته يرتجف:

- إنها الرابعة فجرًا.

تحديته قائلة:

- هل ستخبرنا ما الذي يحزنك؟

خوف شمسوه من أن يعرف الناس أنه أخو شاهينة، دفعني لفضح حقيقته أمام الجميع، لإصراره على تشويه اسمي عندما يدعوني فرحوووه كما سمعه من المحيطين بي، دون أن يعرف أن اسمي فرحة وهو غير قابل للعبث، لا منه ولا من غيره، وقد انتهزت فرصة تجمع نسوة الفريج عند أمي. نظرن إليَّ وأنا أشير إليه، فاستدرن جميعًا إلى حيث أشير، وشاهدن شمسوه مستندًا على جدار المطبخ، وقد اعتراه الهلع، اقتربت منه وصحت بصوت تعمدت أن تسمعه النسوة المتحلقات حول صينية العشاء في حوش المنزل:

- يا جبان كلنا نعرف أن شاهينة أختك.

كأنما مسَّته صعقة برق خاطف.

أخذ يرتجف وتمنى لو أن الأمر تعلق بصور الممثلات التي يقبلها ويدسها داخل جيبه، ولم أتراجع عن إيذائه، وكأن بيني وبينه ثأرًا، مع أنه لم يرتكب ذنبًا لا في كون شاهينة أخته، ولا في كونه أحضر إلى الدوحة رغمًا عنه.

وضعت بعض النسوة أيديهن فوق رؤوسهن وعقدت ألسنتهن الدهشة.

بدأت أمي تنظر إليَّ شزرًا متوعدة. وكانت خزرة واحدة منها تكفي لردعي في حالات مماثلة، شككت في إمكانية نجاح خطتي، لكن سأحاول المضي في تنفيذها رغم معرفتي أن ما سيصيبني من أمي لن يبقي ولن يذر، ومع ذلك قلت في استفزاز سافر:

- شمسوه من الذي جاء بك من الهند.

جلس وعيناه مغلقتان وعقله يتدبر أمر الرد، ولم أتراجع، فقد كان سؤالًا لا ينتظر إجابة. وفي غمضة عين تهامست النساء ونسجن الحكايات حول مجلي وزوجته أم حمد وشاهينة وشمسوه. الأمر الذي استفز أمي وهي الحريصة على عدم خدش مشاعر العاملين في خدمتها. هبت رياح الغضب من ناحية أمي، ولم يكن أمامي سوى الهروب من أمامها.

مواقفي مع شمسوه وغيره تدفعني أحيانًا للندم، لكن أمي كانت تغذي في نفسي هذه النزعة عندما تسرد على مسامعي لصديقاتها حوادث ارتكبتها في صغري لا تعبر عن نوايا حسنة، منها أنني كنت في الثانية من عمري كما تقول عندما قذفت بالدجاجة في البئر، أو عندما حاولت خنق القطة رغم ما تركته مخالبها من آثار دامية على جسدي، وكانت الطامة الكبرى حينما كنت في الخامسة من عمري عندما انتزعتُ طفلة صديقة أمي من فراشها، وكنت قاب قوسين أو أدنى من رميها في البئر، قبل أن تنتبه أمها وتسارع إلى إنقاذ طفلتها من موت محقق، هذه الطفلة أصبحت فيما بعد من أعز صديقاتي وأقربهن إلى قلبي، خاصة بعد أن أصبحت أختي بالرضاعة نتيجة مشاركتها أختي الصغيرة في حليب أمي. لكن ما حدث حينها هو أنه حتى أمي لم تسلم من أذاي عندما حاولت حرق شعرها وهي نائمة، ولولا دخول والدي المفاجئ لحدث ما لا يمكن تصوره، وتكررت مثل هذه الحوادث حتى اضطرت أمي لربطي من قدمي والإمساك بالطرف الثاني من الخيط كلما أرادت النوم، خوفًا مما قد يحدث وهي مستغرقة في نومها، وخيط الحراسة هذا كما سميته، أرحم من الضرب، ومع ذلك كنت أضيق به ذرعًا، وكلما حاولت الخلاص منه، أجد أمي أكثر تيقظًا مما أتوقع، عندما تشد الخيط علامة صحوها، وكأنما تريد أن تقول: لا داعي للمحاولة، فأنت لن تفلتي مني، حتى تعودت على ذلك لأنام قريرة العين، آمنة من عواقب أي حماقة قد أرتكبها.

الحريق يلتهم شاهينة

مجلي بو حمد رجل بسيط لم تشغل قلبه شواغل الدنيا مثل بعض الناس الذين يتقاتلون على ملذاتها. كان يكفيه زوجه وفِراشه وولده وقوت يومه. لم يسبق أن تأذى منه أحد، إذ كان لطيف المعشر مع الجميع، ولم يحاول الاستفادة من نفوذ الشيخ ليكسب جاهًا أو يربح مالًا، ولم يكن يفعل ما يفعله غيره من التكسب من وراء علاقتهم بالشيوخ لتحقيق بعض المكاسب.

هكذا وصفته أمي وهي تشير إلى منزل عادي مكوَّن -كبقية منازل الفريج- من طابق واحد يسكنه مع عائلته، وما زالت آثار دخان حريق تغطي جدرانه، دلفتُ إلى المنزل وهي صامتة، وتبعتُها وقد خيم على المنزل هدوء مطبق.

تلتقي أمي بمجلي بو حمد في صالة البيت لتعزيه في زوجته شاهينة التي قدر لها أن تذهب إلى خالقها محترقة، قالت أمي:

- أحسن الله عزاءكم.
- جزاكم الله خيرًا ورحمكم ورحم والديكم.
- اللهم آمين، رحمها الله وعفا عن خطاياها، وحرَّم جسدها عن النار.
- آمين...

تضاربت الأقوال حول حقيقة وفاة شاهينة في الحريق، منهم من قال بسبب الغيرة التي اكتوت بنارها بعد أن علمت بزواجه من امرأة مصرية، فقد قيل إنها سكبت على جسدها البنزين وأشعلت النار التي علقت بها حتى لفظت أنفاسها، وصعدت روحها إلى بارئها، ومنهم من قال إن ذلك بسبب مشادة عنيفة بينها وبين حمد حول أخيها. وظلت مسألة

زواج مجلي من المرأة المصرية دون دليل، بعد أن قضت على حياة امرأة بسبب الشائعات.

ذهبت أمي عندما تيقنتْ من أنها تركتني في عهدة الفتاة الرزينة صالحة أخت حمد، وقد جاد بهما رحم أم قطرية هي زعفران التي كانت أولى زوجات مجلي، ولم تشبع شره جسده امرأة واحدة، وكان لا يستطيع مقاومة الرغبة في الزواج، فجاء بالثانية فتاة هندية صغيرة السن ذات شعر حريري بالغ السواد، لم يعجبها جنوح مجلي إلى الزواج بامرأة أخرى، ورأت في هذا السلوك إهانة لها، اختارت الراحة الأبدية على الحياة مع ضرة، متناسية أنه كان متزوجًا قبل زواجه منها، ولم يكن مجلي حاضرًا أثناء الحريق. كان عمله يتطلب منه مرافقة الشيخ معظم الوقت وهو من الشخصيات الهامة في البلد، ولم يستطع أيٌّ من ساكني المنزل أن ينقذ الجسد الضعيف من لهب النيران. وعندما عاد وجد لون جدران بيته مثل لون جسده في سواده. هاله ما حدث وأبكاه، ولام نفسه لغيابه. لم يحضر ولادتها ولم يحضر وفاتها، ولو كان موجودًا فربما استطاع إنقاذها. ردَّد بينه وبين نفسه:

«الأعمار بيد الله».

عبَّرت لابنته صالحة عن تعاطفي الشديد معها في هذه المحنة التي تمر بها أسرتها. ربتت على يدي وتركتها، وحينما عادت أمي لتأخذني إلى المنزل كانت صالحة قد احتلت مكانة كبيرة في قلبي، حدث ذلك في شهر شديد الحرارة.

كنت أعرفها من قبل وإذا بي أعرفها أكثر، حتى أصبحت توأم روحي، ورفيقة دربي، وإن اعترى صداقتنا بعض الوهن في بعض الأحيان، وهو أمر طبيعي ما دامت المياه تعود إلى مجاريها فيما بيننا، فما من بادرة قد تعكر صفو العلاقة بيننا، إلا وتسارع إحدانا أو كلانا معًا لتجاوزها دون تردد.

حزن لا ينتهي

في المقبرة حاول شمسوه أن يتوارى عن المعزين، خوفًا من توبيخ حمد ولد مجلي الذي كان يظهر له عداء سافرًا لدرجة أنه اعتدى عليه بالضرب عندما علم أنه يعمل في منزلنا، ولو كان منصفًا، لما اضطره للعمل خادمًا في منزل، وهو يراه كسير الجناح في غربته وفي حزنه.

بعد أن تشتت جمع المشيعين، ظل وحيدًا بين شواهد القبور. لا ينبغي له أن يصرخ أو يظهر حزنه أمامهم. وحيدًا وحوله قبور يرقد سكانها في صمت وقد تحولت عظامهم إلى رميم. وحيدًا يسحقه الألم، ويغلف جرحه بالصمت. وحيدًا يجتر ذكرياته الحزينة ويدعو لأخته بالرحمة.

انكسرت أشعة الشمس خلفه في فضاء أرجواني، مودعة أرضًا لم تمنحه الطمأنينة منذ وصوله إليها، وعندما حاول أن يخط بزيت أحمر اسم شاهينة فوق شاهد قبرها الإسمنتي بحروف من لغة الأوردو، ربتت يد على كتفه وسمع صوتًا يقول له:

- يحرِّم أهل هذه البلدة الكتابة على قبور موتاهم.

وسمع الصوت ذاته يقول:

- كيف جمع مجلي بين عنب الشام وبلح اليمن؟ صحيح كم يبدو هذا الزمن غريبًا!

لاحظ حجرًا مختلفًا فوضعه على قبر أخته قبل أن يغادر، لكنه لم يلاحظ أن صاحب ذلك الصوت قد أزاحه بعيدًا بقدمه، بينما شمسوه غارق فيما آلت إليه حاله، بعد وفاة أخته.

ساكنًا وقف شمسوه. مشاعره ظلت ساكنة معه. وهو يتذكر القدور المليئة باللحم المطبوخ والأرز المزين بالزبيب والجوز واللوز وحبات الهال والزعفران، وشاهينة في دائرة العرس، ترفل بالثوب الأحمر تتقدم مجلي كاشفة عن خصر ضامر، ومجلي ينظر إليها بعين الواله المتيم.

عاد من المقبرة مخضلة عيناه بالدموع، مع من عادوا في سيارة باتان باكستان، محرومًا من تقبل العزاء في رحيل أخته، ومحرومًا من رؤية ابنتها زليخة، وصل الدوحة والمآذن تصدح بأذان المغرب. في العرس ظل يبكي ويداري دموعه، وفي الجنازة ظل يبكي ويداري دموعه أيضًا، هل قدر له أن يبكي دومًا. تذكر أمه نفيسة. ترى ما هو حالها بعد رحيله عنها مرغمًا، وتركها وحيدة إلا من بعض أقاربها الذين لا يقلون عنها فقرًا وخوفًا من غدر الغد المجهول. في قريته الصغيرة جنوب بومباي، عاش مع أمه نفيسة وأخته شاهينة حتى اقتلعه زوجها مجلي من جذوره وأجبره على الحضور معهما إلى هذه المدينة التي لم تستقبله سوى تابع يؤمر وما عليه إلا التنفيذ، في هذه المدينة التي لفظته شوارعها منذ أن بدأ التسكع في أسواقها. وهناك تعرف على حسون الذي أنقذه مما هو فيه من المهانة، وعمل على تعيينه في منزلنا ليجد أسرة تشعره بالأمان، ملبيًا طلبات كل أفرادها، دون أن يعيقه العرج الذي يعاني منه منذ أصيب بشلل الأطفال في صغره، ولم يفارقه المرض إلا بعد أن ترك له عاهة مستديمة، لأنه تأخر عن مراجعة الأطباء بسبب الفقر المنتشر في قريته، هذا الفقر الذي يعزلها عن المدينة إذ يحتاج الوصول إليها وقتًا طويلًا ومالًا كثيرًا، مما لم يتيسر لشمسوه أن يتوفرا له.

كان قادرًا أن يخفي صلة قرابته بشاهينة، وحينما يأوي إلى غرفته فوق سطح البيت، يسقط في هاوية الرعب خوفًا من أن ينكشف سر أخته. كان حمد ولد مجلي الأكثر تشددًا في رفضه لزواج والده من شاهينة. صوته يدوي

كالرعد ويقول بسخرية: أتريدون أن أصبح أضحوكة أهل الفريج. نسيبي شمسوه يعمل خادمًا في المنازل.

وكان يعلن ذلك بصلافة ظاهرة أمام زوجة أبيه.

كرهه لزوجة أبيه لم يهجع، وكلما رآها تتحرك ببطنها المنفوخة وشعرها الأسود الحريري الذي تجمعه أعلى رقبتها وهي تمارس أعمال البيت يشعر بالحقد عليها ويتحسر... ماذا لو كانت زوجته بدلًا من أبيه؟

حينما يأوي لفراشه يستغفر الله ويصلي كثيرًا، لكنها لم تكن تبرح خياله، أما وقد رحلت، فلا تجوز على الميت سوى الرحمة، غلظة قلبه لم تدع في نفسه مكانًا لقبول الواقع، فما زال يشعر بمرارة أنه يستحق أكثر مما هي عليه حياته، ويطمع كثيرًا في تحقيق أحلامه، بأن يكون أكثر شهرة ورفاهية، ثم بعد أن تشرِّق به الأماني وتغرِّب، يعود مهزومًا إلى واقعه، دون أن يُقدم على أي خطوة يمكن أن تدفعه إلى الأمام، فما هي سوى أحلام ليل يمحوها النهار.

أيام العزاء

جلس مجلي مستندًا على تكية، يستقبل المعزين، يعتريه ألم الحسرة، وهو يتذكر كيف هربت منه شاهينة ليلة عرسها حينما همَّ بتقبيلها، فقد كان محرمًا في معتقدها أن يقبّل الرجل زوجته في غير وجنتيها، وكانت تبلغ خمسة عشر ربيعًا. وكيف كان يستعد لإخبار أمه بزواجه، حين داهمها الموت فحزن في وقت كان يرتجي فيه الفرح.

في جلسته تلك لاحظ أن ثمة أصواتَ تدافُعٍ وجلبة في الخارج، قيل له إن الشيخ حضر لتعزيته بعد أن علم بخبر وفاة زوجته. كان مجلي أحد رجالاته الأوفياء، يأتمنه ويأنس إليه. فسارع لاستقباله بما يليق من عبارات الترحيب والشكر لأنه تكبد عناء الحضور بنفسه للعزاء بدل أن يرسل من ينوب عنه لهذه المهمة.

الشيخ لم يكن يعلم بحيثيات حياة مجلي وقد فوجئ من بساطة البيت الذي يقيم فيه، وعجب أنه لم يسبق أن طلب منه شيئًا يحسِّن من وضعه المعيشي، وزاده ذلك إعجابًا به؛ فهو يملك من عزة النفس والتعفف ما يمنعه من استجداء كائن من كان، ووجد في منزله المتواضع ملاذًا يحميه من إراقة ماء وجهه لأحد.

في غمرة هذه الأحداث لم ينس مجلي ما قيل عن زوجته المصرية، مستبعدًا ما يردده بعض الوشاة من أن سبب الحريق الذي قيل إن شاهينة أقدمت عليه، كان شعورها بالغيرة من المصرية. وما ذلك سوى وهم ابتكره خيالٌ مريض، ودفعت ثمنه شاهينة مهرة الهند التي ظلمها زمن لا يرحم، لتكون الخاسرة الوحيدة في معركة الحياة والموت.

ذات مساء خرجت أم حمد من المطبخ مندفعة نحو مجلي وهي تصيح:
- زليخة درجة حرارتها عالية منذ يومين تأبى أن تنخفض، راجعت الطبيب مع صالحة، كنا قد ذهبنا في تاكسي باتان باكستان. رفع عينيه الشاحبتين إليها وملامح التعب تكسو وجهه، وسألها ببلاهة تامة:
- من الذي ادعى بأني سأتزوج بامرأة مصرية حتى صدقته شاهينة رحمها الله.

احتارت المرأة الطيبة وهي تحدثه عن ارتفاع حرارة الطفلة وهو يحدثها عن موت أمها، هل أراد أن يخفف عنها عناء العناية بزليخة الصغيرة؟ وهي التي لم تقصر يومًا في العناية بشاهينة الراحلة منذ وصولها إلى منزله؟ كلاهما في حيرة من أمره.

فلا هي قادرة على كسب رضاه وإخراجه من هذه الحالة التي يعيشها، منذ وفاة شاهينة، ولا هو قادر على إقناعها بأن حالته ستكون أفضل إذا تخلت عن ملاحقته في أمور لا تجلب له سوى التعاسة.

عودة رسائل عذاب

أُمنِّي النفس بعودة رسائل عذاب وأنا أشاهد افتتاح متحف قطر الوطني، والشخصيات المدنية والعسكرية تحيط بالشيخ خليفة وهو يوقع على دفتر الافتتاح، يقول: بسم الله نفتتح هذا المتحف، وهو يبتسم. يرفع يده. يعطي إشارة بالمغادرة، وخلفه يسير بعض الرجال، أما البقية منهم فقد وقفت تنتظر، ومعهم أتابع حفل الافتتاح في التلفاز، أما الساحة الكبيرة المحددة كمواقف لسيارات رواد المتحف، فقد غصت بالناس الذين راحوا يتابعون حفل الافتتاح عبر شاشات التلفزيون العملاقة، بعد أن منع رجال المرور بقاء سيارات الزوار في هذه المواقف.

كنت في مخبئي السري الذي أتخذ منه مكانًا خلف البيت، أقرأ وأكتب، ولما أردت الخروج من مخبئي، علقت ولم أستطع العودة إلى غرفتي من خلال النافذة، اعتليت خزان المياه وقفزت على جدار بيت الجيران، وكان ابنهم يتلصص كعادته من أعلى السطح، فقذفته بحجارة صغيرة، كمن يطرد قطًّا يلاحقه، وعدت بهدوء إلى البيت.

انتهى العام الدراسي. وكان نصيبي منه النجاح مع صالحة بعد ثلاثة أشهر متبقية لانتهاء حكم مديرة المدرسة الذي أصدرته ضدي. وقد عبرت عنه في دفتري بأنه عقاب أبيض حرمني من الدراسة النظامية لبقية العام، فألزمت نفسي بالقراءة وتكدست الكتب في مخبئي السري وحول وسادتي. وتحقق لي النجاح في الدور الثاني وبتفوق، والمدهش أن صالحة قاطعت الاختبارات لتتحالف معي، فأديناها معًا في الدور الثاني وتحقق لنا النجاح.

ذات صباح بينما كنا نقف أنا وأمي بمحاذاة دكان حسون في انتظار الحافلة التي ستقلني إلى المدرسة، رأيت شمسوه يهرول نحونا حاملًا كيس المشتريات وهو يحاول أن ينبهني وقد لاح على محياه بصيص اهتمام اكتست به ملامح وجهه، فأيقنت أن وراء هذه الملامح سرًّا لا يريد لأحد أن يعرفه سواي.

قلت بنبرة أربكته:

- عد إلى البيت.

تخيلت أن نظرات خفية ترمقني، وتخيلت أكثر أنه عذاب، وقلت لنفسي: (حتى وإن لم تكتب لي فإنك الطيف العنيد الذي لا يمكن أن يبرح القلب، والجرح العميق الذي لا يمكن البرء منه بغير المعرفة).

كانت هناك رسالة فعلًا بانتظاري، يا للأسف سبقتني يد شمسوه إليها فخطفتها منه، ولم أدرِ أين أخبئها قبل أن تلتقطها عين أمي، ألقيت بها داخل صدري تحت ثيابي وجلست في حالة حرجة من الفزع خوفًا من أن أقف فتسقط الرسالة، وساورني قلق شديد عليها مدة سير الحافلة غير أنه لم يلبث أن زال كل شيء فور وصولي المدرسة واستقرارها حيث وضعتها في صدري، وعاد الهدوء إليَّ. قرأتها بعد ذلك:

(سمحت لنفسي أن أتوقف عن الكتابة إليك، فكان العقاب مزيدًا من اللوعة والحنين ومزيدًا من التوتر، فاعذريني لانقطاعي غير الاختياري عنك، لكنك معي دائمًا حتى عندما تغيبين عن ناظري. وأنا أراك دون أن تريني، أما كيف فهذا ما سأكشفه لك في يوم من الأيام. في ذاك اليوم الذي تعلق فيه الصغير بخصلة شعرك ذات السلسلة الذهبية وأبى أن يغادر، تمنيت أن لو كنت أنا. اكتبي لي، شمسوه خير وسيط.. تذكري دومًا أن لك سندًا لن يهنأ له بال حتى يهنأ بالك).

عذاب

لم أكتب له رسالة واحدة في حياتي، لكني بعد هذه الرسالة غرقت في التفكير في تلميحاته المبهمة، ودخلت في قلبي الريبة. من صاحب هذا التلميح المبطن بأشياء كثيرة، هل هو من الفريج؟ أو هو من فريج آخر... ويتسلل إلى فريج بن درهم في غفلة من أهله؟

كان الحر شديدًا عندما التقطت عيناي رسالة جديدة قبل خروجي من المنزل بانتظار حافلة المدرسة، فرحت بها ودسستها في صدري كالعادة، لكن حرارة الجو أشعرتني أن الرسالة تكاد تذوب من العرق الذي بدأ ينز من جسدي بغزارة، وما حدث بعد ذلك أنساني رسالة عذاب.

شهد ذلك اليوم أحداثًا كنت وحدي من تسبب في حدوثها، بفعل لم أحسب عواقبه.

كانت صالحة قد تماثلت للشفاء وعادت إلى المدرسة، وهي تحاول جاهدة استعادة رباطة جأشها لكيلا يُفتضح أمر ما أصاب زوجة أبيها، لكن سرعان ما انتشر الخبر بين تلميذات الفصل ثم المدرسة، وظلت تختنق بالبكاء من التعليقات اللاذعة التي أطلقتها ألسنة بعض التلميذات وبشكل مستفز، ولم تتوقف عن البكاء يومها، رغم محاولاتي لتهدئتها.

عرفت المدرسة كلها أن لأبيها مجلي ثلاث زوجات من جنسيات مختلفة، مع أن الزوجة الثالثة مجرد إشاعة لا علم لأحد بمصدرها، قادت حملة السخرية من صالحة تلميذة عرفت أنها ابنة مديرة المدرسة، ومعها ثلاث تلميذات يساعدنها بخنوع وذل على تنفيذ رغباتها، وقد وجدن في حريق زوجة والدها مدعاة للضحك والسخرية منها، ولم أستطع تجاهل الأمر. فتربصتُ بهن حتى أنتقم، ومع تقدم الطابور الصباحي في طريقه إلى الفصول، افتعلت تعثري بحقيبة كتبي بقرب ابنة المديرة وصفعتها على رأسها، بكل ما أوتيت من قوة، فسقطت أرضًا.

تلك كانت حماقة لا تنسى.
كان رد المديرة سريعًا أكثر مما أتوقعه، وقفت في ساحة المدرسة وإذا صوتها ينادي:

- فرحة... وقبل أن أجيب وأبتعد عنها، هوت بكفها على وجهي بكل هيجان غضبها وهي تزفر:

- أعرف من أنت.

سياط حرارة الشمس تحرق جلدي ويغمرني العرق وهي تقول:

- هذه الماكرة معاقبة!

علمت فيما بعد أن ابنتها أصيبت بكسر في ذراعها فاستهنت بتلك الصفعة التي تلقيتها من مديرة المدرسة. لكني لم أستهن بحرماني من الدراسة بقية شهور السنة، ومن الامتحان أيضًا، وبالاجتهاد جاءت النتيجة في الدور الثاني بدرجة تسر الصديق وتغيظ العدا، وحينما سألتني المديرة عن الحيِّ الذي أعيش فيه أجبتها ببرود ودون أن أنظر إليها: أسكن في شارع عذاب، وحدقَّت بي فأشحت بوجهي عنها دون أن أحرج من الإجابة.

مرت جميع أحداث هذا اليوم في عقلي وأنا أركب حافلة المدرسة في رحلة العودة إلى المنزل، وفجأة حينما انعطفت الحافلة بشدة قبل أن تتوقف بعد أن تجاوزت حفرة صغيرة في الشارع، ومع صراخ الطالبات تذكرت رسالة عذاب الملتصق ورقها بصدري تحت مريول المدرسة وكنت أخشى تلاشي حروفها وسط العرق الذي بلل كل جسدي.

حينما أويت إلى فراشي، وفي الضوء الخافت حيث رائحة مداد قلم عذاب المشبعة بعطر الحروف التي رحلت مع انهمار عرق جسدي هذا اليوم، بدت بقايا ورقة الرسالة بيضاء ولم أجد منها سوى: (قلبي يحدثني). وما أكثر ما حدثني قلبي لكن دون جدوى، فألتمس له العذر تلو العذر، لكن

أيضًا دون جدوى. وعجزت سطور الكلمات أن تحمل ما يريد أن يقوله حين تلاشت بعد أن محاها العرق، وتلاشت الحروف كأنها لم تكتب أصلًا، مما أورث في نفسي الأسف.

تخيلت كلماتها موجًا من العواطف ينهمر ليغسل مشاعري من مظنة السوء بعذاب، وأنا بين الشك واليقين حول جديته في التعامل معي، فلا هو مواظب على رسائله، ولا هو منقطع عنها، مما يزيدني حيرة وقلقًا تجاهه.

موقفي من عذاب يتلخص في الحيرة والقلق، لكن ما موقف عذاب مني؟ هل هو جاد أو عابث؟ هل هو حقيقة أو وهم؟ هل سيقدر لي اللقاء به، أو سيظل صوتًا هامسًا على البعد، يُسمع ولا يُرى صاحبه؟ أسئلة تتكرر كثيرًا، ولكن دون جواب.

الاستقلال

اقترن اسم الشيخ خليفة بن حمد بالتبجيل في وجداني منذ طفولتي، كان رئيسًا للمحاكم، وأشرف على دائرة الشؤون الخارجية حين إنشائها، ثم تولى وزارة المالية ثم صار رئيس الوزراء مع احتفاظه بمنصبي نائب الحاكم ووزير المالية. فهو متمرس في الحكم بأدق تفاصيله، وددت أن أراه ولو مرة واحدة، كنت أتطلع إلى نوافذ قصر الحكم وأشجار حديقته الظاهرة للعيان، وأنا أعبر الشارع في الطريق إلى مستشفى الرميلة، مع والدي الذي كان يحاول أن يُفهمني بأن الشيخ يمضي معظم وقته في العمل، وأن مشاغله كثيرة لأنه يهتم بمشكلات كل المواطنين.

كانت أمي تداري ارتياحها بالصمت وهي تتربع معي في صالة البيت أمام جهاز التلفزيون، ونحن نصغي يوم الثالث من سبتمبر عام 1971 إلى الشيخ خليفة وهو يعلن في خطاب متلفز استقلال دولة قطر عن الحماية البريطانية ملغيًا بذلك معاهدة عام 1916.

(قررنا إنهاء العلاقات التعهدية الخاصة وجميع الاتفاقيات والالتزامات والتنظيمات المترتبة عليها والمبرمة مع الحكومة البريطانية، وبذلك تصبح دولة قطر مستقلة استقلالًا تامًّا، وذات سيادة كاملة، تمارس كل مسؤولياتها الدولية بنفسها وتتولى وحدها سلطاتها الكاملة في الداخل والخارج).

سألت أمي:

- ماذا يعني الاستقلال التام.

حاولت أن تشرح لي أمورًا لم أستوعبها عن الحماية البريطانية التي لم تعد لها قيمة بعد أن أمسكت الدولة بناصية أمورها، وأصبحت في غنى

عن غيرها، وهي المسؤولة عن كل ما يتعلق بها وبمواطنيها، كما قالت أمي، كنت أكتفي بالإعجاب بحديثها حتى وإن لم أفهم بعض أجزائه، وهي ملمة بالكثير من التفاصيل عن أوضاع دول الخليج والأسر الحاكمة فيها، وأحيانًا أجدها منهمكة في الاستماع إلى برامج ثقافية من الإذاعة تصغي إليها بانتباه يلهيها عن كل ما حولها.

منذ وعيت على الدنيا وأنا أراها ملتزمة بقراءة القرآن بعد صلاة الفجر، حتى تبدأ خيوط الظلام في التلاشي أمام زحف أنوار الصباح، لتبدأ نشاطها اليومي بإعداد وجبة الفطور، وحين يعود والدي من صلاة الفجر يجلب معه خبز الصباح من دكان حسون. لبدء يوم جديد، تبدأ معه ملاحظات أمي حول كل ما يصادفها، لأنها تريد كل شيء في مستوى معين من الترتيب والنظافة والطاعة العمياء لجميع أوامرها.

وحتى فيما يطرح من أفكار، لم تتراجع عن رفض ما شذ عن الطريق السليم كما تراه هي لا كما يراه الآخرون، وقد حاولت أن تثني ابن أحد الجيران عن أفكاره الخاطئة في السياسة، ولما يئست منه تركته ليتعلم من مدرسة الحياة، وليكتشف بعد ذلك أن الشعارات لا تؤكِّل عيشًا، فجد واجتهد ليصبح أحد التجار المرموقين في البلاد، وأمثاله كثيرون خدعتهم الشعارات ولم تقدم لهم سوى الأوهام والأحلام.

الفصل الرابع

من هو عذاب؟

مقابل منزلنا، أربعة منازل ذات جدار واحد تنتهي بمنزل تركه المالك، واستأجرته أسرة سورية تعمل ابنتهم نادرة معلمة في مدرسة حكومية قريبة، وعندما تبين لصالحة أن المذاكرة مستحيلة في منزلهم خصوصًا في غياب الهدوء. طرأت فكرة أن نستعين بنادرة في المذاكرة، فقد انتشر في شتى أرجاء الحي خبر حريق منزل مجلي بو حمد، وراح الناس يتوافدون عليهم معزين، يدفعهم الفضول للسؤال عن سبب الحريق وموت الزوجة، وظل السؤال ذاته يطرح في كل مرة ما الذي حدث؟ ولم يكن في وسع أهل المنزل الإجابة. وأصبحت نادرة السورية هي معلمتنا المنزلية.

ذات مرة كنت في مجلس المعلمة نادرة في منزل أسرتها، مرَّ أخوها نادر الفتى الوسيم، وقبل أن تلاحقه نظراتي لم أسمع غير عاصفة صوت كف أمي يلسع ساقي فاستقمت، التفت نادر فجأة صوبي شاخصًا بعينيه وهو الذي يراني لأول مرة، في تلك اللحظة لم أكن أصغي لما تطلبه أمي من مراجعة دروسي المنزلية مع المعلمة نادرة. وطرأ على بالي خاطر:

يا ترى هل نادر هو عذاب؟ لكني استبعدت هذا الخاطر دون سبب.

أحببت نادرة لحديثها العذب، وروحها الطيبة، وقدرتها على تبسيط ما يصعب فهمه من الدروس. كان مقررًا أن تكون مراجعة الدروس ثلاث مرات في الأسبوع مقابل مبلغ زهيد من المال بحضور صالحة التي تشاركني الدرس، ولم أكن أتحرج من سؤالها عن أخيها نادر، وسط ضحكات صالحة الخافتة، وتجاهل نادرة بعد أن أحالت أمي الدرس إلى منزلنا بدلًا من منزلهم.

عاودني السؤال ذاته عندما خلوت إلى نفسي: هل نادر هو عذاب؟ عندما أفضيت بشكوكي هذه إلى صالحة، نسيت أنها لا علم لها بهذه الرسائل، ولا لغيرها أيضًا، والوحيد الذي يعلم بها هو شمسوه. صالحة بعد أن أخبرتها بتفاصيل هذه الرسائل لم تستبعد نادرًا من دائرة المشتبه بهم من أبناء الفريج، بل رأت أنه الوحيد الذي يمكن التركيز عليه لأن أبناء الفريج أبعد ما يكونون عن هذه الممارسات، وإن أراد أحدهم الزواج ذهب لأهله مباشرة وتقدموا بطلب يد رفيقة عمره القادمة، بعيدًا عن لوعة الغرام و«عذاب» الانتظار.

هذا هو السائد إلا في الحالات النادرة التي يحول الحياء دون أن يقدم الفتى على إخبار أهله بحبيبة قلبه، وكان العشاق يترجمون مشاعرهم في قصائد يكتبونها سرًّا، فإذا افتضح أمرهم كان ذلك إيذانًا بالقطيعة، وربما قامت الحروب بين قبيلتين لسبب مثل هذا، وفي الحب كما في الحرب لا بد من منتصر ومهزوم، وسبب اتهام نادر بتقمص شخصية عذاب، هو أنه سوري الجنسية يخشى الإفصاح عن تعلقه بفتاة قطرية، وهو في هذه الحالة لن يلقى من أهله سوى السخرية، فلا شيء يجمع بين اثنين يفصل بينهما سدٌّ من التقاليد أشد قوة من سدِّ يأجوج ومأجوج. الغريب أن المجتمع يسمح لرجاله بالزواج من غير بناته، لكنه لا يسمح لبناته بالزواج من غير رجاله، وهذا من ألغاز المجتمع المتروك حلها للزمن.

أمي لم يعجبها أن يكون لنادرة أخ وسيم قد يعترض طريقي أو طريق صالحة لأي سبب من الأسباب، فقررت استبدالها بمعلمة فلسطينية تعمل مدرسة أيضًا في إحدى المدارس الحكومية، تعرفت عليها في المسجد عندما كانت تتردد عليه لصلاة التراويح، وبقيت علاقتنا بنادرة وثيقة.

لم تكن هدباء -وهذا هو اسمها- تكتفي بالتدريس، بل كانت تسوق لبضاعة والدها من الزيتون الذي يجلبه من غزة في علب الصفيح الكبيرة،

وتوزعها في علب صغيرة، وكان والدها أحد مصادر حسون في الحصول على هذه العلب الكبيرة.

الزيتون لم يكن من الأغذية المنتشرة في مجتمعنا، لذلك كانت بعض نسائنا يستهجنَّ طعمه، وبعضهن يتساءل: متى يؤكل؟ حتى اعتدن عليه.

صارت هدباء صديقة لأمي، وكثر ترددها على منزلنا لا كمعلمة منزلية، بل كصديقة للأسرة، ومنها تعلمت صنع «ساندويتش» الجبنة البيضاء والزيتون وشريحة الطماطم، وكنت عندما أحمله معي للمدرسة لأتناوله في الفسحة، أتعرض لسخرية بعض التلميذات حين تقول إحداهن: «شوفوا الفلسطينية ماذا تأكل!» وترد عليها أخرى:

«هذه ليست فلسطينية، ليست بيضاء مثلهن. هذه قطرية».

عندما أبكي بسبب هذه السخرية وتشاهدني إحدى المعلمات الفلسطينيات، تقول بعد أن تصفعني على رقبتي: «عاجبك هيك؟ شو دخلك أنتِ بالزيتون؟ كلي خبز زعتر واشربي كولا مثل زميلاتك».

لم أحتمل سخرية التلميذات، لذلك امتنعت عن حمل هذه الوجبة معي إلى المدرسة، وعدت لشراء أكلي من المقصف المدرسي، واكتفيت بأكل الزيتون والجبن الأبيض في المنزل.

أما سامية الموظفة في إحدى الوزارات، فقد قدمت من مصر مع والدها ووالدتها، واستأجرت عائلتها منزلًا قريبًا من منزلنا، ولم أرها يومًا إلا ضاحكة أو مبتسمة حتى في أسوأ الحالات، وهي مغرمة بالزهور والورود، تقطفها من دوارات الشوارع لتصنع منها باقات تضعها في أي شيء أمامها... كأس أو علبة زجاجية أو وعاء ماء، إذا لم تجد زهرية مناسبة، وتتولى سقيها بالماء، وتستبدلها عندما تذبل، حتى أصبحنا نراها في منزلنا بكثرة تلفت النظر، وهي شخصية مرحة، تعرفت على أمي ولازمتها في كل أوقات فراغها، بعد أن نالت ثقتها،

وعاملتها كفرد من أفراد الأسرة، حتى أصبحت تقضي في منزلنا وقتًا أكثر مما تقضيه مع أمها وأبيها، وهي لا تتورع عن استخدام ملابسنا دون استئذان، ولماذا الاستئذان ما دامت أمي راضية عنها كل الرضا، وأحيانًا تنام في منزلنا تاركة أمها وأباها لينعما بنوم بعيد عما تعودت عليه من مرح يصل إلى حد الفوضى أحيانًا.

لا أنسى يومًا استطاعت فيه جمع باقة من الورود، ونسقتها بشكل لا يقل جودة عما يباع في محلات البيع، عندما علمت أننا سنزور إحدى المريضات في يوم إجازة لم تكن فيه محلات بيع الورد مفتوحة، فأصرت على أن تقدم لنا هذه الباقة -من ورود الشوارع - لنحملها معنا إلى المريضة، وهي ترى أن زيارة المرضى دون باقة ورد (معتبرة) ذنب لا يغتفر.

والدها رجل ذو سيرة حسنة، وسمعة طيبة، وهو على مستوى ملحوظ من حسن الخلق، والتأنق، ولم يتأخر يومًا عن أداء الصلاة في المسجد، وأمها أيضًا دمثة الأخلاق، لكنها مهما بلغت من اللطف لن تبلغ ما حققته ابنتها من كسب قلوب نساء الحي، ولأن أمها طباخة ماهرة، فقد كانت سامية تفاجئنا بالأطباق اللذيذة التي تعدها أمها بمهارة فائقة، من الكشري والفول والطعمية المقرمشة والملوخية والفتة والحمام المحشي والكنافة، ولا يكاد يمر أسبوع إلا وتحمل إلينا سامية طبقًا أو أكثر من هذه المأكولات اللذيذة وغيرها.

زواج حمد

ذات يوم هبت نار الغضب في نفس مجلي، كان لأول مرة يُسمع صوته مجلجلًا كالرعد، وأفراد أسرته يَغطون في قيلولة الظهيرة هانئين مطمئنين.

فزع كل من في البيت، ليشاهدوا ما يحدث، كان حمد يستند على الحائط، ومجلي يضغط على عنقه وعيناه تدوران في الفراغ، وعويل أمه وهي تتوسل يزداد. تراخت يد مجلي وهو يصرخ بأعلى صوته، وفي أشد حالات انفعاله:

- لن أطلب شيئًا. عشت وأموت كما أنا. هل تفهم ذلك؟ لا تطلب مني أن أذل نفسي في آخر الزمن، ولتكن عندك كرامة، واترك النفخة الكذابة على حساب الآخرين.

اصطنع حمد مظهر الجاهل بما يقول، واصطنع حرقة مفتعلة في صوته، واستغرق في تمثيل دور المتذمر من ردود فعل أبيه، مؤكدًا أنه لا يعلم ما الذي حدا بوالده لمثل هذا الهجوم الكاسح، وكانت أمه تقرأ الكذب والغش في نظراته الزائغة، وفجأة وكرصاصة طائشة سارع إلى القول:

- أمي. أرغب في الزواج من نادرة أو سامية.

أم حمد تكتم نحيبها وتقول:

- وفاطمة بنت خالتك جميلة؟... و...

وقبل أن يصطفق الباب وراءه قال:

- ترغبين إذن أن أتزوج سوداء، وأبي يتمرغ في حضن بيضاء كالنهار؟
- حلاة الثوب رقعته منه وفيه.

كان حمد أكثر تبجحًا في رده على أمه:

- شوفي لها واحد من عيال أخوك.
عندما رأى مجلي هذا المشهد تمتم:
- إنه يستحق الموت.

رفضت سامية حمد رفضًا قاطعًا، وسلخته بسخريتها اللاذعة التي لو وصلت إليه لأقام الدنيا ولم يقعدها، أما نادرة فقد قبلت به، ولم يتأفف أهلها من سواد بشرته. وكان له ما أراد.

رحت وصالحة نتابع نادرة، وهي متألقة تستقبل عناق المهنئات وتضحك مزهوة بثوبها الأبيض وعينيها الواسعتين، وحمد يلاحقها ويأبى إلا أن يكبلها بأغلال نظراته، وقد كان يطمع في وساطة أبيه ليتزوج في أحد فنادق الدوحة، وهو احتمال خيالي جلب عليه غضب والده حتى كاد يخنقه، ولما لم يتحقق له ما أراد، أقيم العرس في خيام نصبت في ساحة المنزل للنساء، وامتدت للرجال إلى الشارع الذي ضاق بهم على سعته.

وفي الوقت الذي تُحمَل فيه أواني الأرز المغطى بمرق اللحم والمكسرات فوق أعناق الرجال وكان حسون أحدَهم، وتوضع فوق البساط الممتد بعرض الخيمة حيث تتلاصق أجساد النساء حولها، يتعالى صوت إيقاع الدفوف الشامية بين النساء، وهي تردد:

«عالصالحية يا صالحة. لشوفة حبيبي أنا رايحة». تبادلنا النظرات أنا وصالحة وقلت لها: «العقبى لك يا صالحة». لم تعلق، واكتفت بالابتسامة وكأنها تضمر أمرًا، وأعرف أن ابن خالتها مباركًا مولع بها، أشد الولع.

كان حمد متأنقًا بساعته المرصعة بقطع صغيرة من الألماس، أهداها له الشيخ بهذه المناسبة، وبعباءة والده السوداء الجديدة التي أهداها له الشيخ أيضًا، وبملابسه الناصعة البياض، ونعاله النجدية التي تفنن الخراز في إضافة ألوان جديدة عليها، وهو ما منحه أناقة لم يعرفها طوال حياته، وانطلقت

مع زفافه أغنية خليجية ارتفعت بترديدها أصوات النساء، في صوت واحد، بمصاحبة الدفوف المنسجمة إيقاعاتها مع لحن الكلمات، ورافق ذلك رقص من بعض قريباته احتفاءً به:

يا معيريس عين الله ترعاك.
القمر والنجوم تمشي وراك.
ويتغنى القمر.
والنجوم ترد عليه.

وكنت أود الرقص غير أن يد أمي سحبتني وهي تنهرني قائلة: «لم تعودي صغيرة».

تبتهج صالحة وتضحك وأضحك معها.

بعد الانتهاء من الطعام انتبذت وصالحة مكانًا في طرف خيمة النساء، نطلُّ منها على «عرضة الرجال» وقد اتخذوا شكل الصف الواحد محملين بسيوف تتلألأ تحت أنوار المصابيح الكبيرة، ونحن نسترق النظر وقد يئست لجهلي بمكان وجود عذاب بينهم، فلا عذاب كشف عن نفسه، ولا نادر ظهر بين جموع المشاركين في هذه العرضة، ودعوت على مديرة المدرسة التي حرمتني من بعض رسائل عذاب.

انتزعتنا سامية من أجواء البحث عن عذاب، عندما هجمت علينا بخفة دمها، وبدت وهي بكامل زينتها امرأة أخرى ذات جمال مصري أصيل، وقالت:

- إيه الحكاية؟ تبحثون عن عرسان، احسبوني معكم!

أبصرت في ظلام عتبة البيت كتابًا بعد أن انطفأت مصابيح العرس، وآوت نادرة إلى حضن حمد، وقبل أن أرفع ثوبي أطلقت شهقة دهشة، حينما قرأت عنوان رواية «الوسادة الخالية»، وهي مدسوسة تحت باب منزلنا، وفي داخل الكتاب رأيت دائرة تشير إلى الإهداء (حبك الأول هو حبك الأخير).

كتبت تحتها (عذاب هو حبي الأول والأخير) وأعدت الكتاب لمكانه.

وعاد السؤال يلح:

من هو عذاب؟ ولماذا لا يفصح عن نفسه؟ وما هدفه من هذه الرسائل؟ أهو فتى عابث، أم عاشق خائف؟ أم رجل جاد تمنعه ظروفه من كشف المستور من حياته؟ في كل الحالات لم يعجبني هذا الغموض، لكنني لم أتخلص من الشوق إليه، فالأسئلة نفسها تتكرر كلما خطر عذاب على البال.

أنا وصالحة والبدايات

أعود لسنوات يوم كنت وصالحة كطائرين في طيور زُغْب الحواصل لم ينبت لهما ريش، حين سننت قلمي الرصاص في المبراة الخضراء البلاستيكية على شكل أرنب التي جلبتها لي زوجة ابن عامر من بيروت حيث كانت تتعالج من مرض صدري أودى بحياتها بعد ذلك، وحينما انتهيت من سَنِّ رأس القلم بدا لي مدببًا وحادًّا، وبدلًا من أن أجرب كتابته على الورق، غرسته في كف زميلتي التي تجاورني في المقعد وتكبرني في السن، سالت دماء كفها، وحينما هوت المعلمة بكفها على رقبتي من الخلف لتصفعني انحرفت عن اتجاه كفها، صرخت بقوة إثر ارتطام كفها بوجه المقعد الذي خبأت رأسي تحته وجعلته مواجهًا لها.

صالحة كانت ترمقني عن بعد بعينين هادئتين، وكأنها تعاتبني على فعلتي. ومن ذلك الحين تعرفت كل منا على الأخرى، وكنا في الصف الأول الابتدائي.

واستمرت صداقتنا، حتى أن أختي التي تصغرني سنًّا كانت تسحب خصلة من شعرها تفتلها ثم تعيدها وصالحة لا تتحرك، حينها ضربت أختي وطلبت من صالحة أن تفتل خصلة أخرى من شعرها، لكنها دعتني أتولى أمر الدفاع عنها.

منذ ذلك اليوم كنت أتلقى العبارات النابية بدلًا عنها، وأَقذِف بالحصى كل من يحاول أذيتها.

أتذكر تلك الظهيرة وصالحة تضج بالخوف قبيل خروج الرجال من المسجد بعد صلاة العصر وهي ترى جبهة أحد الصبية تنزف دمًا حينما نازعني

على الدودة «العتل» التي اقتلعتها من طين الجدار، لأجعلها طُعمًا في فخ العصافير، كان تجنُّبُ الضربة التي وجهتها إليه أمرًا صعبًا. وقد حققت نجاحًا في استعادة الدودة. وكان ذلك الصبي هو سعدًا، وعندما خرج المصلون من المسجد راعهم ما أصابه فأسرعوا به إلى المستشفى، وهناك لم يكشفوا اسم من تسبب في أصابته، وقالوا إنه كان يلعب وسقط على رأسه وأصيب بهذا الجرح في جبهته.

أمي من طرفها أدَّت الواجب في تأديبي بغلظة، وهي تردد:
- لو علمت الشرطة بأنك المتسببة في إصابته، لنمتِ هذه الليلة في السجن يا مجنونة، وربما حوَّلوك لإصلاحية البنات.

كان تهديدًا لم يعنِ لي شيئًا، فلم أستفد منه، كغيره من الدروس الكثيرة التي لم أستفد منها، ليتكرر الخطأ المتعمد، وتلك عادة لم أستطع التخلص منها بسهولة.

زواج صالحة

أصبحت أنا وصالحة طالبتين في مدرسة قطر الإعدادية، اجتزنا بوابة المدرسة ونسائم شتاء باردة تداعب وجهينا بعدما غادرنا مدرسة خديجة بنت خويلد الابتدائية نحمل أوراق التحاقنا. ولم تعد حافلة المدرسة تلقي بنا أمام دكان حسون، بل توصل كل طالبة إلى باب منزلها.

ظللت ليلة البارحة أكوي مريول المدرسة وشرائط شعري وأحسب أقلامي، ولم أنسَ دفتري لأكتب فيه انطباعي عن يومي الأول، وكذلك فعلت صالحة حسب اتفاق مسبق بيننا، وكما كنا في الابتدائية لم نفترق، أصبحنا كذلك في الإعدادية، لولا ملابسات لم تكن في الحسبان، أملَتْها أحداث لم تكن متوقعة، وتذكرت حينها عندما كنا قبيل الغروب أمام أحد منازل الفريج وعلى تلة الرمل الباردة قبل أن تنعس الشمس وتلملم جدائلها وترحل، اتكأت على كتف صالحة وقلت:

- متى سنتزوج؟ إني لأدعو الله في صلاتي لكي يعجل بزواجي.

ضحكت صالحة ودفنت قدميها في الرمل البارد وأجابت:

- ما زلنا في سن مبكرة، تزوَّجي قبلي. لن أتزوج قبلك.

لم تفِ صالحة بالوعد وتزوجت!

هذا هو قدرها.

عندما سمعت أن سعدًا تقدم لخطبة صالحة أصابني الدوار مما سمعت، ارتفع صوتي:

- لكن مباركًا يحبك. لماذا تفضلين سعدًا عليه هل لأنه نصف أسود وأمه بيضاء؟ بدت نبرتي ساخرة قالت بتردد:

- لا. ليس كما ظننتِ.

نظرت إليها:

- هل أصابتك عدوى أخيك حمد الذي تخلى عن فاطمة ابنة خالته لأنها سوداء.

ثم شعرت أنه لا فائدة من الحديث معها بهذا الأمر بعد أن قررت الزواج من سعد.

وأقنعت نفسي:

(لماذا أقف في طريقها؟ سأدعها تتزوج من تشاء)، ثم تذكرت وجه مبارك وهو ينتظرها قرب باب المدرسة، مطلًّا من سيارته الصغيرة، وعبارات الحب التي يكتبها وتحملها أخته فاطمة ابنة خالتها جميلة، ونقرؤها معًا. كنت قد أحببت مباركًا فقط لأنه يحب صديقتي صالحة.

وقفت مشدوهة وفاطمة تتلو على مسامعي خبر خطبة صالحة من سعد.

مرَّت الأيام. ولم تزدد صالحة إلا نفورًا مني بسبب اعتراضي على زواجها من سعد. بادرت بالتواصل معها أكثر من مرة، كنت أذهب في فترة استراحة الحصص الدراسية إلى صفها ولم تكن توليني اهتمامًا ولا ترد على التحية فأعود خائبة، تجمعنا السنة الدراسية، وتفرقنا حروف أسمائنا الأبجدية التي تتحكم في توزيع الفصول الدراسية، كانت تريد أن تنسلخ من صداقتي لتتزوج من تريد لا من ذكَّرتها بحبه، وهو مبارك ابن خالتها جميلة المتيم بحبها.

في صبيحة يوم بارد بعد أن تراكضنا من دفء جوف الحافلة المدرسية إلى ساحة المدرسة، أمسكت بذراع صالحة وحاولت أن تكون قريبة مني لنتحدث، فوجئت بها تدفعني في صدري فأسقط وتكشَّف مريول المدرسة عن ساقي التي تعرت أمام الطالبات. قضيت يومًا حزينًا وكنت أرى صالحة تتمشى مع صديقة جديدة.

أخبرتني فاطمة أن عرس صالحة صار وشيكًا، وقلت:

- كيف هو حال أخيك مبارك؟ فأجابت:

- إنه يمر في مرحلة من الكرب الشديد، وأصبح كثير التغيب عن المنزل، وأحيانًا نشم في ثيابه رائحة السجائر. قلت:
- من يساعد صالحة على تجهيزها للعرس؟

قالت فاطمة:
- إنها نادرة تقوم بكل شيء.

في عرس صالحة تجلس بجانبي حمدية أم محسن ترمقني بإعجاب متصاعد تحاول أن تخفيه. قالت:
- إنتِ لين الحين ما عرَّستِ؟
- أنا مخطوبة.
- من خاطبك؟
- عذاب.
- وينه هالعذاب ما شفناه؟
- يدرس في الخارج (كذبت عليها).
- ولدي الخبل يبغاك.
- ما أبغيه بو عيون صغار.
- إنتِ من زينك؟ ما فيك إلا شعرك. معصعصة ولسانك طويل...
- لكنَّ عذابًا معجب بي وسأتزوجه.

تخلت عن محاولتها تقليد اللهجة المحلية كعادتها، وقالت بلهجة مصرية واضحة:
- أسمع كلامك وأصدقك، أشوف أمورك وأستعجب!

إمعانا في إغاظتها قلت بنوع من التشفي:
- ولدك من يبغاه أصلًا؟

تجاهلت كلامي ولم ترد، سامية كانت قريبة مني فهمست في أذني قائلة:
- تستاهل، أفحمتيها.

انهيار الأمل

لم أكن أتوقع أن حياة صالحة ستؤول إلى فشل ذريع بمنتهى السرعة. كانت في نيتها أمور مختلفة تمامًا عما توقعته لها. وحدي كنت أخاف عليها، وأبوها مجلي الذي استشعر شهقة الفرحة في صوتها وهو يحادث أمها بشأن سعد.

ما إن علمت أن أباه سبتًا جاء لخطبتها حتى ارتفع صوتها بالموافقة دون أن تستمع لأمها.

استأنف فريج بن درهم احتفالاته كما شهد بعض انكساراته من قبل، لكن هزيمة صباح عرس صالحة كانت مدوية ونازفة. حدثت ونيران قدور الأرز واللحم لم تُطفأ بعد، ولم تنضج محتوياتها، تنتظر إشراقة الصباح لتوزع على بيوت الفريج كما جرت العادة، ونور «خلَّة العرس» لم يُطفأ بعد، ونادرة قد انتهت من نزع ثياب صالحة، التي كانت الصفعة الموجهة لها أكبر من أن تحتمل، ليس لها فقط، بل لكل من وصله الخبر.

كانت تنشج بحرقة، وتدفن رأسها في صدر نادرة حين روت كيف أن سعدًا لم ينتظر حتى بزوغ شمس صبيحة اليوم الثاني من العرس، ليغادر دون سبب، لقد أظهر بكل بساطة حقيقة نفوره منها. صُدمت بذلك، ولم تكن تتوقع ما حدث، واستباحها شعور الفضيحة والعار.

ماذا سيقول الناس ووالداها وأخوها حمد؟

ضربت سامية صدرها وهي تولول وتتمايل يمينًا ويسارًا، وتقول وكأن صالحة أختها:

- يا دي الفضيحة... حنقول للناس إيه بعد اللي جرى، الرجالة ما لهمش أمان.

وزادت على ذلك بأن تربعت في جلستها، وبدأت تلطم على صدرها وفخذيها، بدموع منهمرة، ومن يرها عن بعد يظن أنها تؤدي تمرينًا رياضيًّا، حتى يدرك عندما يسمع نحيبها أنها بالفعل تندب عزيزًا فقدته للتو، كم أنت عظيمة يا سامية!

انقلبت الأمور في فريجنا بسبب هذه الحادثة غير المتوقعة، وشاع بين الجميع ما فعله سعد، وكانت أمي ضمن النساء الغاضبات.

قالت -ولأول مرة- ما أبهج خاطري وأنا أستمع إليها من فوق دكة الليوان والنساء يفترشن السجادة الحمراء في حوش المنزل وهي تمتدحني:

-خيرًا فعلت فرحة حينما شجت رأسه عندما كان صغيرًا.

كلامها نزل بردًا وسلامًا على قلبي.

بدا كل شيء غريبًا في فريجنا.

ظلت صالحة في البيت صامتة ولم تكمل عامها الدراسي، وانشغلت في تربية أختها زليخة، أما سعدية أم سعد وأبوه سبت فقد اعتذرا بشتى الطرق لكي يصفح عنهما مجلي، وأنكرا تمامًا ما فعله ابنهما، لكنه لم يقبل لهما اعتذارًا، فقد كان ناقمًا عليهما يلعن الساعة التي وافق فيها على هذا الزواج.

سعدية أم سعد هي أخت حمدية أم محسن، وكلتاهما من أرض الكنانة، تزوجتا قطريين هما سبت زوج سعدية وسيف زوج حمدية، أما زعفران أم حمد وصالحة، فهي أخت جميلة أم مبارك وفاطمة. وقد بذل جوهر والد مبارك جهدًا كبيرًا، لإقناع ابنه بالتخلي عن حبه لصالحة، مؤكدًا له أن هذه الأمور مقدرة، ولا مهرب للإنسان من قدره، وقد دعا الله أن يرزقه بمن هي أحسن منها.

بعد صلاة المغرب كانت زوجة إمام المسجد تذهب إلى بيت مجلي برفقة أمي بماء ممزوج بخيوط الزعفران وماء الورد، تغسل به وجه صالحة، وترش قليلًا منه على صدرها، وتمسِّد به جبينها ورأسها وتقرأ آيات من القرآن الكريم عليها، وأنا أتكوَّم بالقرب من نادرة أنظر إليها وكأن الصمت لا يكفيها، فتنتحب بشكل يقطِّع نياط القلب، يا للحظ العاثر يا صالحة! كم حذرتك من سعد، لا كرهًا فيه، ولكن انتصارًا لمبارك المتفاني في حبك. واستمرت زوجة إمام المسجد على هذه العادة زمنًا برفقة أمي للتخفيف عن صالحة بعضًا مما ابتليت به.

في المدرسة كتبت بخط عريض على «السبورة»:
(إذا لم تكن ذئبًا أكلتك الذئاب)!

أدهش المعلمة ما كتبت. نهضت بساقيها الممتلئتين. اتكأت بأحد كفيها على كتفي وسألت: من الذي علَّمك ما كتبت؟

وضعتُ الطبشور، ومسحت بقايا ترابه عن مريولي المدرسي وأجبتها: أمي.

لم تكن صالحة ذئبًا، لذلك نهشت سمعتها ذئاب الفريج من أصحاب الألسنة التي لا تهنأ إلا بالحديث عن الناس. قلت لها:

- صالحة... إن سعدًا أحسن صنعًا بهروبه ليلة العرس، ربما كان عاجزًا ولو ثبت مكانه ولم يهرب لاكتشفت عجزه.

أدارت وجهها، لم يعجبها ما قلت. ثم أدركت أنني لم أحسن مواساتها عندما قلت ذلك، على أية حال ومهما كانت الأسباب فإن سعدًا بعث بورقة الطلاق بالبريد الذي اكتشف مجلي متأخرًا أنها مرسلة منذ وقت طويل دون علم أحد. ومع ذلك لم تصل في حينها.

حاولت أن أجمع شتات هلعها بعد أن قرأ أبوها خبر طلاقها، ثم أدار ظهره وترك الغرفة خارجًا وهو يبتلع غصة حادة كأنما أراد أن يقول: «إنني أحتقر كل رجل مثله».

همست لها:

- ما زلنا صغيرتين على أن يقبلنا رجل، وأن تنتفخ بطوننا وننجب أطفالًا.

لكن صالحة أمست لا تصغي لما أقول.

تساءلت حينها: هل للحب هذه القدرة على حجب البصيرة عن رؤية حقائق الأشياء لدرجة قطيعة أقرب الناس إلينا إذا بدر منه ما يسيء للحبيب، صداقتي مع صالحة لم أعتقد أنها قابلة لأي هزة قد تشوه الثقة بيننا، لكنها بدت وكأن اهتمامها بسعد يمكن أن يدفعها إلى قطع الصلة بأقرب الناس إليها. هل هذا دليل على قولهم: (الحب أعمى) وما فائدة الحب إذا كان أعمى.

بعد أيام شاع في الفريج خبر عن سعد مفاده، أنه مرتبط بامرأة فلبينية قبل زواجه من صالحة، وهذا ما دعا والديه لتزويجه من صالحة على أمل أن ينسى تلك المرأة، وذلك ليس لأنها فلبينية فقط، بل لأنها غير مسلمة أيضًا، والخوف كبير من أنها قد تربي أبناءها على ديانتها في المستقبل وهي التي لم تعلن إسلامها، بل ربما ذهبت بهم إلى بلادها ليعرفوا الطريق إلى الكنيسة، بدل الطريق إلى المسجد، أشعرنا هذا الخبر بالشفقة عليه، وبدت صالحة كما لو أنها لا تسمع ولا تريد أن تسمع شيئًا آخر عنه سوى عودته إليها.

جريمة في الظلام

حارس إحدى العمارات التي بدأت بالظهور في شارع المطار، كان يقيم في غرفة صغيرة نافذتها مطلة على الشارع العام، وجد ذات ليلة رجلًا يتعثر بغترته وعقاله المعلقين حول رقبته والدماء تغطي وجهه وتتقاطر على ثوبه فتحيل بياضه احمرارًا، فهاله الأمر بعد أن عرفه.

كان سعد في حالة يرثى لها، بعد أن رمته -كشيء مهمل- سيارة وتركته مضرجًا بدمه، ولاذ صاحبها بالفرار، وتحت أضواء الشارع بدت من مقدمتها ذات الطلاء البرتقالي -بما لا يخالجه الشك- أنها سيارة تاكسي، يعرف أن سائقها اسمه باتان باكستان، الذي تعرف عليه من مدة عندما احتاج للذهاب إلى المستشفى، وضاق به ذرعًا لفضوله وكثرة أسئلته، ولم يلبث الخبر أن انتشر انتشار النار في الهشيم، من شارع المطار إلى نجمة ومنها إلى فريج بن درهم، ثم إلى بقية الفرجان في المدينة.

تألمت وغضبت من قصة سعد التي تلوكها ألسنة أهل الفريج، وتلوك معها سمعة صالحة.

لقد كانت حكاية كئيبة بكل ما تحمله من تفاصيل، وإذا كان لدى سعد امرأة أخرى فلِمَ أقدم على الزواج من صالحة التي لم أفلح في مواساتها، ليتني حين دفنت رأسه في حفرة الرمال الباردة عندما كنا صغارًا ونحن نلعب، لم أستجب لصراخ الأطفال وأنا أجلس فوق رأسه، وقد نسيته مدفونًا، كان يمكن أن يلفظ أنفاسه لولا صراخ الأطفال لتنبيهي حتى أطلق سراحه.

يا للخاطر السيئ الذي باغتني بسبب صالحة التي جلبت بعض المصائب

لهذا الفريج. بعد أن شاع اقتياد حمد وحسون وباتان باكستان للتحقيق في حادثة ضرب سعد ضربًا كاد أن يودي بحياته أمام مدخل العمارة التي يقيم فيها مع زوجته الفلبينية. حمد هو من أشبعه ضربًا انتقامًا لأخته، وباتان باكستان تولى إبعاده بسيارته عن مكان الحادث، وحسون كان شاهدًا على ما حدث، هل هو إمعان من حمد في التحدي ليجلب معه من يعرف أنه سيشهد على جريمته؟

أخي مجرم. بدأت صالحة حديثها عن حمد -بضغينة- وكأنه كان السبب في زواجها، وهو الذي رفض هذا الزواج، أو كأنه كان السبب في طلاقها وهو الذي ضرب سعدًا وتسبب في إيداعه المستشفى، وبسببها ولأجلها وضع نفسه قيد الاعتقال والتحقيق والمحاكمة والسجن، وأبكى قلب نادرة وصغيرها الذي جلس في حضن أمها وهي تندب حظها العاثر.

لم يسلم حسون من السجن أيضًا، وبُرِّئ منه باتان باكستان...! عرفت أن بعض الناس يمكن أن يتصنَّع الأكاذيب ويصدق نفسه، ويطمس الحقيقة بسبب الخوف، لكن مِمَ كانت تخاف صالحة يوم أعلنت هروب سعد في ليلة زفافه؟ وما هدفها من قلب الحقيقة رأسًا على عقب؟

صدمني صنع الأكاذيب، وحيرتني أمور كثيرة، منها أنه عندما كان أهل صالحة، بل والفريج بأكمله، يعزون هروب سعد إلى كونه جبانًا ترك الفتاة ليلة عرسها فخاصموه وصبوا عليه جام غضبهم، لم أكن أعلم ولا غيري يعلم، أن صالحة شوهت الحقيقة كما قالت بعينين مواربتين وفم مفتوح. فقد أسهبت في القول أمامي بأنها كانت تكذب حينما قالت: إن سعدًا لم يقم بواجبه كرجل نحوها قبل أن يغادر، والحقيقة أنه بعد أن فرغ منها قصَّ عليها حكايته مع زوجته الفلبينية، وهو يرغب في تلك المرأة وفيها معًا. ولم يشأ أن يكذب، فطلبت منه أن يغادر بعد أن أصرت على أن واحدة فقط منهما ستبقى معه.

قرر مجلي أن يستدرك حياته المليئة بالخيبة منذ (وعى على الدنيا). أحزنه أن تصبح صالحة مطلقة وهي ما تزال في بواكير شبابها، وأن يدخل حمد السجن وطفله رضيع، توقع الجميع أنه سيطلب واسطة الشيخ في دفع الأذى عن ابنه وإخراجه من السجن، لكنه لم يفعل وقال:

- السجن يهذب الرجال. أخجل من القول ابني ضرب رجلًا بريئًا وكاد يرديه قتيلًا.

لم تفلح زعفران في حمله على الذهاب للشيخ كي يتوسط لإطلاق سراح ابنها. هددته إن لم يذهب هو فستذهب هي. حينها هددها بما هو أقسى، فبلعت لسانها ولاذت بالصمت على مضض، لأنها تعرف قبل غيرها أن زوجها لا يتراجع عن كلامه، وإذا هدد فعل، وهو الأمر الذي تخشاه أكثر من أي شيء آخر، تراجعت وفي نفسها موجدة عليه دون غيره.

بعد أحداث صالحة شعرتُ أني مقبلة على موجة عاتية من البكاء، جلست تحت النخلة الوحيدة في فناء بيتنا، وقررت أن أنوح بالشكل الذي يرضيني، ويليق بحبي لصالحة.

الغريب أن شمسوه أيضًا انفجر بالبكاء معي، وكانت أمي تنظر إلينا وتتساءل باستغراب:

- من مات؟

قلت:

- نحن.

وأشرت نحوي أنا وشمسوه.

قالت بسخريتها اللاذعة:

- أين العزاء؟

التقيت نادرة بعد مدة وأهديتها كتب السنة الأولى من المرحلة المتوسطة، وكان هدفي أن تذاكر لصالحة في العطلة الصيفية، كانت نادرة تحمل صغيرها راشدًا بين ذراعيها، كلمتني عن صالحة قالت: «إنها أصبحت لا تطاق من عصبيتها، ولا تزال هناك خصومة بينها وبين حمد بعد خروجه من السجن» وكذَّبت إشاعة ظهرت عن عودة سعد إلى صالحة.

الفصل الخامس

اختفاء مجلي

ضربة جديدة نال الفريج الحظ الأوفر منها، حينما استيقظ أهله ذات يوم فلم يعثروا على أي أثر لمجلي، مضت عدة أيام قبل أن يكتشفوا أنه غادر دون وداع، ولم يكن من عادته أن يرحل في رفقة الشيخ دون أن يبلغ أم حمد بالتفاصيل، ولن ينسى سكان الفريج ذلك اليوم الذي استفاقوا فيه مذهولين على الصراخ في بيت مجلي، وأم حمد فاقدة الوعي، بعد أن نما إلى علمها خبر مجلي وأنه لم يكن برفقة الشيخ طوال فترة غيابه، ولم يساورها الشك في أنه تزوج وهرب مع زوجته الجديدة، لكنه ظن يفتقر إلى الوجاهة، فمجلي عندما يود الزواج لن يخاف من أحد، ومن ثم فهو غير مرغم على الغياب بسبب امرأة.

نقلت أم حمد إلى المستشفى وكان لابد من إبلاغ الشرطة عن اختفاء مجلي، وتساءل الجميع على من تقع اللائمة؟ لا أحد! كانت الإجابات مبهمة والنظرات زائغة. حقيبة سفره الوحيدة ما زالت في المكان المخصص لها من المنزل، وسيارته الفورد الزرقاء لا تزال تحت المظلة المطلة على الشارع من جهة الشرق.

فأين اختفى؟

تكونت فرقة من أبناء الفريج قادها حمد ولد مجلي ومبارك ولد جوهر، للبحث عن مجلي. زاروا كل الفرجان والضواحي القريبة والبعيدة ومدن الشمال. بحثوا واستقصوا وسألوا من يعرفون ومن لا يعرفون، ولم يعثروا له على أثر.

بين فترة وفترة لم يسلم حسون من تفتيش دكانه بحثًا عن مجلي، وكأنه كيس خبز مجفف فوق الرف، كما قال حسون، وفي آخر مرة فزع سكان

الفريج من نباح الكلاب البوليسية التي اقتيدت تبحث داخل بيت مجلي وسيارته التي تراكمت عليها الأتربة وعلا نوافذها الغبار، وتبرَّزت فوقها القطط. بقيت تلك الكلاب قرابة الساعة تركض هنا وهناك وتتشمم ولا أثر. وكأنه «فص ملح وذاب»!

أصدر الشيخ تعليماته التي تنص على أنه لا مفر من أن يُؤتى بخبر مجلي حيًّا أو ميتًا. ساءَهُ خبر اختفائه وصعوبة العثور عليه وأبدى انزعاجًا. وأمر أن تصرف المؤونة الغذائية مضاعفة لأهل بيته حتى لا يضطر أحد منهم لطلب المساعدة من أحد.

صحت صالحة على هذه الأخبار التي جاء بها أحد معاوني الشيخ، قائلًا: «الشيخ يقول إذا ناقصكم شيء خبرونا».

ظهرت أمام من يتحدث عن اختفاء مجلي كفتاة جاهلة، حاولت أن أكبح جماح فضولي وأدَّعي عدم الفهم فيما هم يتهامسون حوله، حتى حينما تظهر صالحة بمظهر المتجهمة الوجه أفعل بسرور كل ما يرضي أم حمد، وأنا أصارع الرغبة للإدلاء باستنتاجاتي حول الموضوع، غير أن نظرة أمي تعيدني إلى السكوت مرغمة ومكرهة. أعرف أن استنتاجاتي ربما لا تكون صحيحة مائة في المائة، لكن هذا لا يبرر قمعي عن المشاركة في البحث عن مجلي.

لديَّ شعور عميق أن باتان باكستان لديه شيء من العلم عن اختفاء مجلي، فهو آخر من رآه عندما أوصله (إلى ذلك البيت المنزوي في تلك الحارة الضيقة في فريج نجمة القديمة، في زقاق ملتوٍ يجاور صائغ مجوهرات آثر أن يتخذ من الطرف الشمالي من الزقاق دكانًا له)، وادَّعى أنه لم ينتظره ومن ثم فهو لا يعرف أين ذهب مجلي بعد ذلك، ولم يسفر التحقيق مع باتان باكستان عن أي شيء يدينه، كما تم التحقيق مع آخرين قيل إنهم التقوا به يوم اختفائه. ولكن دون جدوى أيضًا، وظل اختفاء مجلي لغزًا غير قابل للحل.

تعلمت من الكتب التي أقرؤها أن أبقى في منأى عن بعض الأمور التي أعرفها، وألا أدسَّ أنفي فيما لا شأن لي فيه حتى لا أقع تحت طائلة المساءلة. على الرغم من ذلك كنت أشم الخبر وأكتب في دفتري تحليلًا استنتاجيًا، لم أستطع كتمان النتيجة التي توصلت إليها عن اختفاء مجلي، فهمست لأمي: «فتشوا عن جواز سفره. إن عثرتم على جواز السفر فهو ما يزال في البلد، وإن لم تعثروا على الجواز فهو مسافر».

أرجعت أمي رأسها إلى الخلف ونظرت إليَّ في ذهول وإعجاب وقالت:

- من ألهمك بهذا الاستنتاج.

قلت دون تردد:

- شارلوك هولمز.

ثم انتبهت إلى من يكلمها فتراجعت عن ذهولها وإعجابها، وقالت باستخفاف:

- ومن يكون هذا الهولمز، على كل حال الرجل اختفى وكفى.

ومع ذلك لم تبخل عليَّ بأن نقلتْ وجهة نظري إلى أهل مجلي، الذين اكتشفوا بعد تفتيش حقيبة سفره أن جوازه غير موجود فيها، ومما حمدته لأمي أنها نقلت هذا الرأي منسوبًا لي عندما قالت لهم (فرحة تقول...). مما أشعرني بأني حققت إنجازًا عظيمًا أثبتُّ فيه لأمي وللجميع أني فتاة قادرة على إنجاز المهمات الصعبة، واعتبرت ذلك بداية لحل معضلات الجريمة والمجرمين. مجرد أوهام فقط.

كنت أقرأ كثيرًا، وكان ابن عامر وأمي وحسون هم من يشترون لي الكتب، حسون يشتري لي الكتب التي أريدها، وأدفع له قيمتها، ومنها كتب عن شارلوك هولمز المفتش البوليسي الشهير. وبلغ من تأثيره في تفكيري حد الاعتقاد بأنني يمكن أن أكون مثله في الوصول إلى فك رموز جرائم القتل. حتى وإن كانت شخصية خيالية.

وفاة مجلي

بعد سنوات من اختفاء مجلي توقفت سيارة أمام دكان حسون الذي يجلس على الدكة بعظام صدره الناتئة، التي تأبى أن يكسوها اللحم بالرغم من عرض منكبيه وضمور بطنه، ترجل شاب ذو لباس عربي قال بلهجة متلعثمة:

- هل تعرف بيت مجلي؟

وأردف بنبرة غير مبالية:

- الله يرحمه.

تصبب من حسون عرق بارد وانفجر باكيًا:

- مات. كيف؟ لماذا؟

كان الرجل مندوبًا من الشرطة، يحمل أمرًا لورثة مجلي لمراجعة المحكمة الشرعية.

يبدو أن فترة اختفاء مجلي تركت الباب مفتوحًا أمام احتمالات عودته، لكنها في الوقت نفسه مهدت لأن يستقبل الناس خبر وفاته بشيء من الفتور، خاصة لدى أولئك الذين اعتبروه ميتًا منذ اختفائه الغامض، فتح حمد باب العزاء في منزل الأسرة، لكن عدد المعزين كان قليلًا، وكان هذا متوقعًا لرجل اختفى فجأة واختفى معه الأمل في العثور عليه.

تناقل الفريج بسرعة البرق خبر وفاة مجلي بين دكان هناك ونخلة صامدة أمام عاديات الزمان هنا، ما بين رجل عاطل وامرأة تعمل طوال النهار في المطبخ وتربية الصغار، وبين رجل يكدح وآخر يسترخي في منزله خالي البال،

لا يهمه إن مات فلان أو علان. المهم أن الخبر قد انتشر كالنار في الهشيم، وألح حمد على إمام المسجد أن يقيم على روح والده صلاة الغائب، وبعد الصلاة انتهى الفريج من مجلي ووفاته.

الأنباء تواترت بعد ذلك بقضاء مجلي -بعد اختفائه- سنوات عمره الأخيرة في الثقبة، وهي مدينة سعودية هادئة في شرق الجزيرة العربية، شبه مطلة على مياه الخليج، وفيها عاش وتوفي ودفن، وعرفه الناس هناك باسم القطري، وقيل إن سبب هروبه هو خلاف حاد بينه وبين الشيخ لم يُكشف النقاب عن تفاصيله، وفي الثقبة استطاع مجلي أن يعيش في وضع مريح بعد أن استغل مبلغًا من المال كان بحوزته، فعمل في تجارة الأغنام، وحقَّق من ورائها أرباحًا مكنته من شراء عمارة ما تزال تحقق ريعًا مناسبًا من إيجاراتها، ولكنه أوقف هذه العمارة وتولت أمرها وزارة الأوقاف، وترك لورثته سيولة مالية لا يستهان بها، كما اتضح ذلك من وصيته، التي احتفظت بها شرطة الثقبة، حتى أُبلغ أهله بوفاته، عن طريق الجهات الرسمية، وكان قد تزوج لكن زوجته توفيت قبله دون أن يرزق منها بأولاد، ولا تزال العمارة الوقفية تحمل لقبه، ومن تقدر له زيارة سوق الثقبة الشعبي سيجد عمارة من أربعة أدوار تحمل اسم «عمارة القطري» نسبة إلى مجلي القطري الأصل.

الكتابة في الصحف

ماذا خبأ ذلك الماضي في رحِمِه؟

وحيدةً أسرج خيول أحلامي نحو الغد ولا يأتي الغد. ولا يأتي الوعد. ولا تأتي رسائل عذاب. كانت صالحة تصغي من دون أن تشطح في كبريائها.

كنت الجريحة و«عذابي» المداوي، ولأن رسائل عذاب ما زالت شحيحة، فإنها لن تشفي جراحي.

كلانا يا صالحة غارق في همومه وجراحه.

أتاحت لي حصيلتي من القراءة محاولة الكتابة في الصحف، كنت لا أزال في المرحلة الإعدادية، ولم أصدق نفسي عندما نشر لي أول موضوع في المجلة الوحيدة التي كانت تصدر في البلاد، وظهور المرأة في الصحف لم يواجه بالترحيب من قبل الآباء، وبينما لقيت هذه الخطوة ترحيبًا من أمي وماما لولوة، كان أبي مستاءً لظهور اسمي مقرونًا باسمه في الصحف، وكان الحل أن أكتب مقالاتي باسمي الثنائي وليس الثلاثي، لضمان عدم ظهور اسمه، أبي الذي كان متعنتًا في البداية، أصبح فيما بعد من أشد المتحمسين لما أكتب، يناقشني بجدية، ويؤيدني بحماسة. كانت تلك فترة تاريخية حافلة بتفاعلات المد القومي العربي، والعمل الحزبي، والشعارات البراقة عن الوحدة العربية والعدالة الاجتماعية، وقيام الثورات التي قيل إنها مكاسب للشعوب، لكنها لم تجلب لهم سوى الدمار والخراب، بعد أن وصل العسكر إلى السلطة على ظهور الدبابات.

الحزب الفاشل

كطالبات مخدوعات بالمظاهر، جرفنا تيار النضال الحزبي، لنتبنى فكرة إنشاء حزب ينسجم مع الجو العام الذي يجتاح المنطقة في طرح شعار القومية العربية، كنا ثلاث بنات من مدرسة قطر الإعدادية، حزب من ثلاث فتيات؛ من يتصور هذه الفكرة العبقرية؟! وبعد مناقشات حادة استقر الرأي على أن يحمل الحزب الأحرف الأولى من أسمائنا (.M.F.M) هذا اسم حزبنا وليس اسم ماركة لأدوات الزينة، وعليكم استنتاج أسمائنا الحقيقية، فيما بعد أصبحت الفكرة محل سخريتنا وتندرنا وندمنا على ضياع الوقت والجهد في اجتماعاتنا كلجنة تأسيسية للحزب المزعوم، وما دار في تلك الاجتماعات من نقاشات حادة دارت بيننا حول تنظيم الحزب قبل أن نعرف ما معنى الحزب أصلًا، رغم كثرة ما قرأنا عن التنظيم الحزبي من كتب لا نفهم معناها، إنما هو هوس غذته بعض الإذاعات العربية التي كانت تردد: «بلاد العرب أوطاني» وظلت صالحة تتفرج علينا وتضحك من سذاجة أفكارنا، رغم محاولاتنا المستميتة لاستقطابها لتكون ضمن (المجلس التأسيسي للحزب) مع كثرة مشاكلها الخاصة والمعقدة. لم يكن إصرارنا على استقطاب صالحة بدافع الاستفادة من تجربتها في إدارة الأزمات، التي واجهتها في وقت مبكر من حياتها، لكن الهدف كان هو الاستعانة بالحرف الأول من اسمها لإضافته إلى اسم الحزب ليصبح من أربعة أحرف، وحزب مكون من أربعة أحرف سيكون حتمًا أكثر وجاهة وفاعلية من حزب اسمه مكون من ثلاثة أحرف، وكلما كبر اسم الحزب كبر حجمه في نفوس الناس، هكذا كنا نعتقد أو هذا

ما أملته علينا سذاجتنا. حزبنا العتيد تمزقت أوصاله إثر انتقالنا إلى مدارس أخرى. لنصحو على خبر سعيد، ولكنه غريب، هو زواج مبارك من فتاة يعتبر والدها من أغنياء البلد.

نشطت الألسنة في ترديد أخبار حول احتمال زواج مبارك من ابنة رجل أعمال معروف، وظل الأمر بين مصدق ومكذب، إلى أن اتضحت الصورة بشكل جلي.

زواج مبارك

زُفَّ مبارك إلى سلمى ذات الشعر الأحمر الناعم، بنت التاجر المعروف بلال الشوافي، وهو من أبرز رجال الأعمال، سطع نجمه بسرعة، فلم يكن له تاريخ يذكر، ولكن اسمه شاع بفضل أمواله التي جمعها بطرق غير معروفة، هو رجل أسود البشرة تزوج إسبانية ورَّثت ابنتها جمالًا لافتًا، فكانت من نصيب مبارك، أنا أعرف الفتاة معرفة عامة، إذ سبق أن التقيت بها في حفل زواج بنت أحد الأثرياء، وأعرف منزلهم الكبير الذي تحيط به أشجار النخيل العملاقة من كل جانب، بحيث يمكن رؤيتها من خارج المنزل، وطالما تعجبت لماذا تركب الفتاة الباص وأبوها يملك أكثر من سيارة! ولم يدر بخلدي أنها يمكن أن تتزوج من مبارك في يوم من الأيام، لا استهانة بمبارك، ولكن لفارق المستوى الاجتماعي بين الأسرتين.

أطرف ما سمعته، هو أن هذا الزواج تحقق بعد قصة حب، والحب سلطان كما يقولون، ومبارك لا تنقصه حلاوة اللسان، والقدرة على التعبير عن عواطفه بشفافية مطلقة، ولا شك أنه استطاع أن يستميل قلبها ويستأثر بحبها ويؤثر فيها لدرجة إصرارها على الزواج منه، رغم البون الشاسع بين أسرتيهما خاصة في الوضع الاقتصادي، ولم تجد في سواد بشرته ما يمنعها من الزواج به، لأن والدها بشرته سوداء أيضًا، وفي مجتمعنا يسود النظر لهذا الأمر بحساسية كبيرة، لكن إصرار سلمى على الزواج من مبارك دفع والدها إلى التسليم برغبتها، ولم يكن ذلك برضاه، بل نتيجة وقوف أمها معها.

لم تفوِّت سامية هذه الفرصة للتدخل عندما همست في أذن سلمى في ليلة زفافها وهي تقول بمرحها المعهود:
- هو إنتِ ما عندكيش أخ علشان يتجوِّزني؟

أما تفاصيل هذه القصة كما سمعتها فقد بدأت بالمكالمات الهاتفية، وانتهت بالزواج، وبذلك نجح مبارك مع سلمى فيما لم ينجح فيه مع صالحة، عندما تناهى إلى مسامعي خبر زواج مبارك، تيقنت أن دعاء والده جوهر لم يذهب سدى، وأن دعاء الوالدين له قيمته في حياة الأبناء. لا شك أن للمحبة مواثيقها، لكن صالحة لم تصنها، هل ضيعت الرجل الذي أحبها؟ لقد امتثلت للخيبة وتوسدت الحزن، والتحفت برداء التفكير في الآتي، وعانقت ظهر أمها من الخلف في حين أن أمها عانقت الطفلة زليخة التي استكانت في حضنها وباتت النساء الثلاث فوق سرير واحد، في بيت بارد، هجره كل الرجال. لكن الحياة لم تنته بعد، ومع الحياة يعيش الأمل.

أم صالحة ما لبثت أن هاجمتها الأمراض، وقد تحملت الكثير من العناء. ابنها حمد انصرف لحياته العائلية، بعد حصوله على بيت مستقل، فانشغل بزوجته نادرة وابنه راشد، وقصم ظهرها رحيل مجلي الذي كان يصدُّ عنها كل المتاعب، صالحة من تحملت العبء بعدها، عبء مرض أمها، والعناية بأختها الصغيرة، إلى جانب الاهتمام بأمور المنزل.

خلافات عائلية

حمد الذي كان يستميت للزواج من نادرة، وكان مستعدًّا للدخول في معركة مع العالم كله لكي يفوز بها، تسربت الغيرة إلى نفسه، والشك إلى قلبه، وأصبحت حياته الزوجية غير مستقرة، بعد أن داهمته أسئلة غبية عن سر موافقتها على قبوله زوجًا لها، وعن حرص أهلها على أن يتم الزواج في أقرب وقت بعد أن أبدى رغبته في الزواج منها، وقد نسي بظنونه هذه ظروف أهلها وظروف تربيتها، وما أبدته له من حب ووفاء، وكان أشد ما يضايقه هو جلوسها مع غرباء قيل عنهم إنهم أقرباؤها، كما نسي كذلك أنها تربت في بيئة منفتحة غير بيئته المنغلقة، والشك إذا دخل منزلًا هدمه ودمره من أساسه؟ هذا ما كانت تردده نادرة كلما تحدثت للمقربين إليها.

كانت نادرة تشكو لأمي همومها ومشكلاتها مع حمد، وتدخلت أمي وهي الحريصة على النأي بنفسها عن التدخل في المشكلات الزوجية، تحدثت مع حمد دون فائدة، ولما لم يغير من طباعه، استعانت بوالد نادرة الذي قال لها: إن نادرة أخبرته بذلك لكنه يرفض التدخل بين ابنته وزوجها، لأن هذه كما يقول ليست من طباعهم، ومادامت ابنته في بيت زوجها فلا سلطة له عليها ولا على زوجها، وهنا أوصت أمي نادرة بالتفاهم مع زوجها، خاصة وأن لدى نادرة أوراقًا في صالحها، فهي لا تزال تعمل في التدريس، وهي أم، وحصلت على الجنسية القطرية بحكم زواجها والجواز يعتبرها مواطنة، ولما تصدت لزوجها بهذه الأسلحة، خيرته بين الطلاق أو تغيير طباعه في التعامل معها، وقد صبَّ جام غضبه على أمي واتهمها بتحريض زوجته عليه، مما

133

اضطر أمي لأن تتصدى له مباشرة، واتهمته بعدم الثقة في نفسه، وقالت له بصريح العبارة: «الرجل الواثق من نفسه لا يشك في أهل بيته»، وأمام حججها الدامغة، لم يجد حمد بدًّا من التمسك بحياته الزوجية بشرط ألا تستقبل نادرة في منزلها أحدًا من عائلتها باستثناء والدها ووالدتها وإخوتها، ولم يلبث حمد أن تخلى عن سوء تعامله مع زوجته بعد أن عاد والداها إلى الشام إثر انتهاء فترة عمل والدها في الدوحة، ولم يعد التواصل بين نادرة وأهلها إلا في حدود ضيقة، حتى أصبحت إحدى نساء الفريج، تلبس مثلهن، وتتكلم مثلهن، وتأكل المحمَّر وتشرب الشاي الكرك، وتجذرت عروقها في مجتمع زوجها لدرجة أنها لم تفكر أبدًا في التخلي عنه.

ترى هل كان موقف حمد نابعًا من عدم ثقته بنفسه كما قالت أمي؟ أم هو طبعه النكدي الذي يتعامل به مع الجميع؟

في الحالتين ما يزال حمد يؤمن بأن زواجه من نادرة هو من علامات رضا الله عليه، وهو يعترف أن الشيطان هو الذي يوسوس له بما لا يريد قبوله، لذلك فهو يجتهد دائمًا بأن يتعوذ من الشيطان الرجيم.

الفصل السادس

لوحة بجميع الألوان

آذنت الشمس بالمغيب. ألقى الليل بظلاله على فريج بن درهم. أوى الناس لمنازلهم. هدأ صراخ الصبية. استكانت الفتيات بجانب أمهاتهن يناولهن صحون الإعداد للعشاء. مُدت السُّفر البلاستيكية على الأرض. خفت صوت التلفاز وهجعت الأنفس وغفت العيون.

يتراكض الصبية قبيل المغرب. يتسابقون لشراء الخبز من دكان حسون الذي يبتاعه من فرن إيراني يقع على مشارف الدوحة الجديدة، فيأتي به كل يوم مرتين بعد صلاة الفجر وبعد صلاة العصر، ويبيعه لأهل الفريج ساخنًا طازجًا.

من مشاق عمل صالحة شراء الخبز في زحمة الإقبال عليه من دكان حسون، ومع مرور الوقت يسود الظلام إلا من نور خافت يتسلل عبر النافذة المطلة من دكان حسون، وتكاد الشوارع أن تخلو من المارة.

مصابيح بيوت الفريج تنطفئ واحدًا تلو الآخر. صالحة تطوف على أبواب البيت تتأكد من أنها أحكمت إغلاقها بالمزلاج الحديدي الذي أضافته حديثًا ثم تأتي بالماء وعلبة دواء أمها. تعانق الطفلة وتقرأ المعوذات ثم تغفو.

رتابة تتكرر كل يوم.

هذه الرتابة أعرف أنها تتناقض مع شخصية صالحة في تعاملها مع الحياة، لكنها مرغمة عليها، فليس لها إلا أن تخضع لواقعها الجديد الذي وجدت نفسها فيه، بعد غياب والدها ومرض أمها وتوليها أمر أختها الصغيرة زليخة.

خلال تلك الحقبة الزمنية حدث نوع من التصادم غير المرتب له داخل ذاكرتي، غير أني ما زلت أتذكر وجه الرجل الشيخ الذي أكن له إعجابًا خفيًّا. والأحداث التي رافقت تلك الفترة من عمر الزمن، ومنها افتتاح مجلس الشورى، ومباني جامعة قطر، وإنشاء مجلس التعاون. وغيره من أعمال أسست لنهضة شاملة فيما بعد، ونقلت البلاد إلى آفاق أوسع في كل الفضاءات. وقد وعيت دوري في حياتي وحياة من حولي بعد أن علمتني أمي شيئًا واحدًا هو أن أكون نفسي. فإن لم أكن فالفناء خير لي.

وحده عذاب هو المحجوب عني! ولم تعد مكانته في قلبي كما كانت، ومع انقطاع رسائله انقطع التفكير فيه، لم يعد شغلي الشاغل كما كان، حتى تلاشت شخصيته أو كادت، وكأنه لم يكن إلا حلمًا، شغل القلب ومضى.

شعرت بأنه ربما كان مجلي على حق حينما اختفى بمحض إرادته، أو بمحض إرادة غيره، ثم لماذا أراد شمسوه أن يستبدل أمه نفيسة لتحل مكانه في بيتنا، بعد أن قرر أن يختفي هو أيضًا كما فعل مجلي؟ مع اختلاف الظروف والملابسات.

اليوم بعد مرور تلك السنوات، وبعد أن غدت حياتي المدرسية في المرحلة المتوسطة وراء ظهري، أدركت بأنني أبذل جهدًا مبالغًا فيه لحماية صالحة. وما كان عليَّ أن أتدخل في شؤونها لهذا الحد، لذا تركتها تواجه مصيرها وانتبهت لحياتي، ومع ذلك كنت على يقين تام بأن يومًا سيأتي ستعود فيه المياه إلى مجاريها بيني وبين صالحة، إن لم يكن عاجلًا فآجلًا.

كنت أخبر أمي بأن لدى شمسوه حقيبة أراها تنتفخ أكثر عندما أطل برأسي من شق باب غرفته أثناء عدم حضوره، أفضيت لها بمخاوفي لكنها لا تصغي. كنت أخشى على حقيبة شمسوه أن تصبح رفيقة حقيبة مجلي ويصبح بيتنا فارغًا من ضحكته وسنه المكسورة ومشيته العرجاء وحشرجة الطعام في فمه.

كانت رغبة أمه في الحضور إلى الدوحة تتنامى لرؤية حفيدتها، لعل في رؤية الحفيدة ما يطفئ لظى الفراق الأبدي لابنتها شاهينة، وجاءت ماما نفيسة، لكن سروري بقدومها شابه شيء من الكدر، والخوف من موقف صالحة حيال رغبة الجدة في رؤية حفيدتها، بعد أن صرحت أكثر من مرة بأن هذا اللقاء لن يتم، وعندما تصر صالحة على أمر، فمن الصعب أن تتخلى عنه.

روت ماما نفيسة على مسامعنا عشية قدومها من الهند بلغة عسيرة الفهم، عن حرقة قلبها والنار التي التهمت جوانحها عشية جنازة ابنتها شاهينة، ولم تعرف وقتها ما الذي ألم بها! ولماذا شعرت بتلك الحرقة، إلا حينما قرأت في رسالة شمسوه، أن ابنتها ماتت في ذلك اليوم، ومن حينها صممت على القدوم إلى الدوحة.

حدث ما توقعته حينما رفضت صالحة استقبال ماما نفيسة والسماح لها برؤية زليخة الصغيرة، انتفضت وجحظت عيناها وبُح صوتها وصرخت في وجه المرأة بحضور أمي وزوجة المطوع:

- وما يدريني بأنك لا تودين سرقتها؟

حاولنا التخفيف عنها، وأخبرناها بأن جدة زليخة امرأة موجوعة، لكنها حملت الطفلة وصفقت الباب خلفها مغادرة.

من تصاريف القدر أن تجد صالحة ما ظنته تأكيدًا لموقفها عندما داهمت منزلنا ذات عصر وهي في قمة ثورتها العارمة، تجتاح كل ما أمامها وتولول بأعلى صوتها، وشعرها منفوش، وسحنتها مخيفة، وكأن على رأسها كل عفاريت الدنيا، لم نعرف ما حل بها، فبادرتها أمي بالسؤال:

- ماذا دهاك يا صالحة؟

كرصاص انطلق من فوهة مدفع رشاش، قالت بانفعال شديد وبكل ما أوتيت من قوة:

- أين الهندية الساحرة بنت الساحرة؟ لقد سرقت زليخة. اختفت ولم أجدها في أي مكان.

ما إن أطلت ماما نفيسة من المطبخ دون أن تدري ما سبب ثورة صالحة، حتى هجمت عليها كالوحش الكاسر، وهي تتلفظ بكلمات ذعرت منها ماما نفيسة، وعادت فورًا إلى المطبخ في حالة يرثى لها بعد أن تمكنَّا أنا وأمي من الإمساك بصالحة حتى لا تفتك بماما نفيسة، ولنقنعها بأن الهندية المسكينة لا علاقة لها باختفاء زليخة، وأنها تبحث في المكان الخطأ.

في هذه الأثناء سمعنا بكاء زليخة وهي محمولة على ذراع جارتنا أم أحمد التي قالت إنها رأت زليخة تمشي في الشارع على غير هدى، فحملتها إلى منزل صالحة، ولما لم تجدها جاءت بها إلى منزلنا دون أن تعلم بوجود صالحة لدينا، ثم التفتت لصالحة لتقول لها:

- أكيد أنك تركت باب المنزل مفتوحًا، فخرجت دون أن تنتبهي لها.

أغمي على صالحة ربما من شدة الانفعال، أو من هول المفاجأة، أو من فرحتها بالعثور على زليخة. لا أدري! لكني أدري بأن ماما نفيسة ما إن رأتها على هذه الحالة حتى تناست نوايا صالحة العدوانية تجاهها. وسارعت إلى إنقاذها، بإجراء عملية تنفس صناعي لها، مستعينة بما لديها من خبرة اكتسبتها عندما كانت تعمل ممرضة في أيام شبابها.

ثمة امرأة أخرى وضعت بصمتها على تاريخ حياتي، ورسمت على خريطة تفكيري طموحًا كبيرًا من خلال تشجيعها الدائم لي، وإعجابها المستمر بما أنجز مهما كان متواضعًا، تلك هي ماما لولوة، صديقة أمي الحميمة، التي أكن لها محبة الابنة لأمها وتقدير التلميذة لأستاذتها.

أمام وهج حرارة الفرن في المطبخ، وصينية الفطائر المحشوة بالجبن يغطيها قليل من منثور الزعتر الجاف، وهي من الأطباق التي تجيد ماما لولوة إعدادها،

وقفتُ بجانب أمي في ثوبها الأصفر الفاتح المشدود على جسدها الطويل الشامخ، وقد أشرقت في وجهها ابتسامة عريضة وهي تهمس:

- أما آن لفرحة أن تتزوج بعد أن تجاوزت المرحلة المتوسطة؟

كانت ماما لولوة ومنذ كنت صغيرة، توليني اهتمامًا خاصًا، وأغدقت عليَّ من حنانها وعطفها ما زرع في نفسي محبة خاصة لها، وهي الوحيدة التي أتحول أمامها إلى طفلة وديعة مسالمة، كما أنها الوحيدة التي يمكن أن تأخذني معها إلى منزلها دون اعتراض من أمي. ولأن زوجات أبنائها يضايقنها على الدوام فقد كانت تتحدث لأمي عن تهاون أبنائها الثلاثة تجاه إساءة زوجاتهم لها، وكانت أمي تكتفي بإبداء استيائها من هذا العقوق، وهي تعرف أن صديقتها أكثر الناس نبلًا في التعامل مع الآخرين، ولذلك كسبت احترام جميع من عرفوها، لكن غيرة زوجات أبنائها هي الدافع لسوء تصرفاتهن معها. أمي تعرف بشكل أكثر من غيرها ما منحته صديقتها لأبنائها من تضحيات، ولذلك هي مستاءة من تصرفاتهم أكثر من استيائها من تصرفات زوجاتهم وتقول: («الشرهة» ليست على الزوجة، بل على زوجها).

تتمتع ماما لولوة بجمال مميز، وثقافة عميقة، مما يجعلها من سيدات المجتمع اللواتي يشار إليهن بالبنان، وليس من عادتها الشكوى لكن ما تنقله لأمي ليس سوى بوح صديقة لصديقتها، بعدما فاض بها الكيل كما ذكرت لأمي.

في مجلسنا وبحضور أمي وماما لولوة وحمدية أم محسن التي ما فتئت تتردد على أمي على مضض؛ لمعاودة خطبتي لابنها الذي لم تعجبني عيناه الصغيرتان.

جلست مقابلها وقلت:

- ولدك بو عيون صغار ما أبغيه هو قصير وأنا طويلة.

بدت المرأة منزعجة واستاءت من نبرة صوتي وإصراري على إزعاجها، وقالت متأففة:

- من زينك! وأنا ما أبغيك بعد، بس الولد الله يهديه يلح في طلبك.

ذات صباح أقبلت أم محسن تاركة لفرحتها العنان، أطالت النظر في وجهي، وسط ضحكات أمي الخافتة وبعض نسوة الحي، صاحت وهي تظن أنها ستهيِّج أعصابي وتكدِّر خاطري، وهي تخاطب أمي بصوت عالٍ تناهى لمسامع شمسوه وماما نفيسة وتزغرد:

- عازمينكم على عرس محسن.

رميتها بنظرة شامتة وقلت بنزق:

- آاااه أخيرًا بو عيون صغار.

في زواج محسن

ما زالت صالحة متأزمة:

- لا أحد باقٍ على الود!

قالتها وهي تهدهد زليخة في حضنها. كان هذا في حضور الجميع في عرس محسن، ودون اهتمام وأنا أضحك مع نادرة وأهمس:

- أخيرًا «بو عيون صغار» انزاح عن طريقي.

التفتُّ إلى حيث كانت تجلس صالحة، اقتربت منها وعانقتها، ولم تكن تعنيني اللامبالاة المبنية على الإكراه الذي ما زال يسيطر عليها منذ فقدت مجلي وزليخة الجدة وسعدًا.

قالت:

- كنت محظوظة أنا التي رفضت كليهما.

فهمت وحزنت أن الكلام موجه للمرأتين المتجاورتين زوجة مبارك المعتزة بثراء والدها، وزوجة سعد بملامحها الفلبينية ولغتها المكسرة، وكلتاهما ترزح تحت حمل بطنيهما المنتفخَتين، ولم تتفوه أيٌّ منهما بكلمة. تصورت كيف سارت حياة صالحة التي قالت وهي تمعن النظر في وجه امرأة سعد:

- إنت ايش عرفك لبس العباية؟

كأنما عبرت بذلك عن مرارة تجتاح قلبها وألم كثيف يضنيها.

وكثرت الأقاويل عن صالحة بين مدح وذم.

لم تكترث كثيرًا بالأقاويل حول الذين غادروها، ولم تؤلمها نظرات زوجتي سعد ومبارك وتباهي كل منهما برجلها وما يحمله بطنها منه، وكان

التباين واضحًا بين لوني الزوجتين، ولونها الداكن، الأمر الذي لا يشكل أية معضلة، في مجتمع أصبح لا يفكر في هذا الفرق في اللون بشكل جدي، كما كان في السابق، ثم أصبح لا ينظر لهذا الأمر بأية حساسية، إيمانًا بأن (أكرمكم عند الله أتقاكم).

انتهى زواج «بو عيون صغار» بسلام.

أصبحت على عتبة أبواب المرحلة الثانوية، ورسائل عذاب عادت بعد انقطاع، لكنها أمست تتباعد، ولم تعد تحمل كما العهد بها تغزلًا في عيوني وخصلات شعري، وتبثني لواعج قلبه، بل تحولت مع مرور الوقت لتقتصر على السؤال عن طبيعة دراستي، وكأنه من أنجبني. رسائل لم يعد لها طعم ولا لون ولا رائحة. السؤال عن عذاب لم يعد يحظى بمساحة كبيرة من تفكيري كما كان في السابق، لكن السؤال الأهم هو: هل بات الجفاء يسدل ظلال غروبه على علاقتي بصالحة بناء على أسلوبها في التعامل معي؟

انغمست هي في العناية بالصغيرة زليخة وأمها المريضة، وكان أسوأ قرار اتخذته هو رفضها العودة إلى المدرسة تحت ضغط مسؤولياتها الجديدة. قررت الاستغناء عن الخادم والتفرغ للأعمال المنزلية ورعاية أمها وأختها بعد أن آلت على نفسها تعويضهما عن غياب أبيها، وبكثير من الإلحاح تمكنت ماما نفيسة من رؤية حفيدتها في أوقات قصيرة متباعدة، لكنها كانت كافية لأن تروي غليل امرأة مكلومة بفقد فلذة كبدها، ولم تكن ماما نفيسة تطمع في أكثر من ذلك، وهي مطمئنة على أن حفيدتها في يد أمينة.

كانت الحياة في فريج بن درهم تسير على وتيرة واحدة لا يعكر صفوها إلا مشاجرات بعض النسوة أحيانًا، وعودة الرتابة إلى الفريج أحيانًا أخرى، أما رجاله فهم منهمكون في أعمالهم البسيطة التي لا تتعدى سائق حافلة،

أو ميكانيكيًا، أو موظفًا بسيطًا في وزارة. ومن ترقى منهم أصبح ذا خبرة في البيع والشراء، وأحيانًا يتنازعهم الحنين إلى الصحراء أو البحر، وينشغلون في الإجازات الأسبوعية، برحلاتهم البرية والبحرية للمتعة والفوز بما أحلَّ لهم من صيد البر والبحر، هذا حال كبار السن في الفريج، أما الشباب فلم تكن المؤشرات التي تنم عن الانشغال الواضح قادرة على إخفاء قيم المحبة والتعاضد التي يتسمون بها، فكانوا من ذوي الفزعة والنخوة. أولئك الصغار الذين طالت قاماتهم وقصرت شعور رؤوسهم، واتسمت وجوههم بملامح الحسن، ونبت الشعر على أذقانهم، بعد أن كانوا يركضون في الفريج ويتحلقون حول دكان حسون حفاة الأقدام حاسري الرؤوس. أحدهم كان يرسم على جدران مسجد الفريج بالفحم حتى إذا صادفه إمام المسجد نهره وسحبه للصلاة بدلًا من الشخبطة على الجدران، وآخر كان يجيد تقليد الأصوات ويدبر المقالب لزملائه عندما يتحدث إليهم بصوت نسائي، وآخر كان يجيد العزف على العود بموهبة فطرية لم يتدخل فيها التعليم، وآخر يجيد التمثيل وانضم لفرقة «مسرح الفريج».

انخرط بعضهم في السلك العسكري بين الجيش والشرطة، وآخرون التحقوا بالجامعة، ومن شاء له القدر الالتحاق بالدراسة في الخارج ذهب متسلحًا بالعزيمة والإصرار على النجاح، للعودة بأعلى الدرجات العلمية، وهكذا امتلأت الإدارات والمؤسسات الحكومية والأهلية بالخريجين في جميع التخصصات.

أصبحوا ملء السمع والبصر، وعلى أيديهم تطورت البلاد، واختفت من إداراتها المظاهر السلبية إلى حد كبير.

حسون لم يخذل الفريج في توفير الخبز وبقية الاحتياجات المنزلية، ولم يخذل صالحة أيضًا إذ كفاها عناء الحضور إلى دكانه لشراء الخبز، فكان

يوصله لها بنفسه، غير أن صالحة لا تأمن أحدًا. كانت بإيجاز معدة إعدادًا ذاتيًا قويًا لمواجهة التحديات، رغم صغر سنها. وغياب السند الحقيقي لها.

كانت حكايتها شغل الفريج الشاغل. الجميع يتحمس للمساعدة. تيقظ في داخلها نفور وحشي من الناس، وباتت لا تصدق أحدًا، وحددت أوقات الزيارة لنسوة الحي لمن أرادت منهن أن تطمئن على أمها، وانكفأت على رعاية الأم وتربية الطفلة.

نشأت الطفلة زليخة مفعمة بالعافية، ذات شعر كثيف ناعم ورثته من أمها شاهينة، كما ورثت منها لون عينيها الخليط بين الأخضر الغامق والعسلي الفاتح، حينما تنظر إلى عينيها لا تعلم بأي لون هي تنظر إليك، فإذا كانت غاضبة انقلب بؤبؤ عينيها إلى العسلي، وإن ضحكت تماوج اللون العسلي مع الأخضر في عينيها، أما خداها الموردّان، وغمازتاها الجميلتان فإنهما يزيدان حسنها حسنًا أكثر، وبراءتها براءة أعمق، وفي حضورها يحضر الفرح، لتكون محل عناية الجميع واهتمامهم.

كانت زليخة مزهوة بالرعاية التي تتلقاها من صالحة والخوف الذي تحيطها به. فقد أحبتها ليس كأختها، بل كابنتها، وحينما يمازحها حمد بقوله: لو لم تكن أختي لكانت زوجة ابني راشد.

تغضب صالحة وتقول:

- لن تتزوج قبل أن تصبح طبيبة.

رحيل شمسوه

رفرف طائر الحنين بجناحيه على شمسوه، ولم يحتمل البقاء بعيدًا عن وطنه، وحان الوقت الذي أصرَّ فيه على الرحيل.

سألته: ما الذي يدعوك للرحيل عن الدوحة بعد عشرة أعوام؟

- مسافر يبغي بلاد. يبغي يسوي زواج. خلاص فريج بن درهم، بس شغل فرحوه.

قالها شمسوه دون أن ينظر إليَّ، وبصوت مشحون بالشوق إلى بلاده، حيث الشعور بالحرية والأمان دون أوامر من أحد ودون مقالب من فتاه يخافها ويعتبرها مجنونة.

ذات صباح نهض شمسوه منذ بواكير الفجر الأولى، قبل أن يتعالى صوت المؤذن، ليحزم آخر أمتعته متهيئًا للسفر.

استيقظت، وهرعت حيث كان يسحب حقيبة ثقيلة برجل عرجاء، ولم تتدخل ماما نفيسة في النقاش واكتفت بدموع الحزن على فراق ابنها، كدت أفكر في مناكفته وقد استيقظت في نفسي رغبة إزعاجه، لكني لم أفعل، إكرامًا لأمه وتعاطفًا مع حزنها على فراقه، وعوضًا عن ذلك شاركت في المبلغ الذي قرر والداي تقديمه هدية له، ومعه آخر مستحقاته لقاء عمله، واستيقظ في نفسي إحساس بالعطف عليه، صاحبه يقين برضاه عما دار بيننا من مناكفات هي من طبيعة الحياة في الأسرة الواحدة.

أحيانًا كنت أعتبره «جاسوسًا مزدوجًا» وهي تسمية استعرتها من شارلوك هولمز، لكنه -والحق يقال- لم يبح بأسراري صغيرها وكبيرها لأمي أو لغيرها في أي يوم من الأيام.

لكنه كان يحذرني كلما هبت رياح الغضب من طرف أمي لأي تصرف قد أرتكبه ولا يرضيها.

قلت وأنا أغالب دمعات ترقرقت في عينيَّ:

- من أين ستنفق المال وليس لديك عمل هناك! هنا تملك كل شيء.

وأسهبت في القول لعلي أثنيه عن قرار الرحيل، مع علمي أن هذا كلام متأخر عن أوانه، حتمًا سأشعر بالفراغ لغيابه، وأمه امرأة كبيرة لن تحتمل مقالبي ومضايقاتي.

تراخت ساق شمسوه العرجاء تحت ثقل حقيبته وهو يبدي سنته المكسورة، وتصميمًا لا رجعة فيه وأجاب ردًّا على كلامي وقد تلبسته حالة من الفرح بالرحيل:

- فرحووووه... ما في مشكل ما في فلوس كثير.

(وأشار إلى صدره) قلب هنا مبسوط، شهر شهرين بعدين يرجع.

ركب سيارة باتان باكستان. وذهب ولم يعد!

بعد شهور وصلت صور زواجه إلى ماما نفيسة التي تقول إنه تزوج في إحدى قرى كيرلا مدينة الهند الخضراء.

وبدا لي حفل زواجه كواحد من حفلات الزواج التي نشاهدها في الأفلام الهندية، المزدحمة بالموسيقى والرقص وأطواق الورود المختلفة الألوان والأشكال، التي تزين أعناق الكبار والصغار، بينما تتكدس عليهم شتى أنواع الحلي البراقة، والبهجة تكاد تقفز من عيون العريس لا فرحًا بعروسه فقط، بل أيضًا بما حصل عليه من مهر سخي يدفعه أهل العروس عن طيب خاطر.

فرحة ماما نفيسة كانت مشوبة ببعض الاستياء، لأنها لم تحضر زواج ابنها الوحيد، نثرت بزهو صور العرس. شمسوه باللفة الحمراء المطعمة بالكريستال والخرز الملون وامرأة صغيرة جدًّا تمسك بطرف ثوبه وتطوف

خلفه بشكل دائري حول إناء فاض بشتى أنواع الورود والزهور ومساحيق بمختلف الألوان تُرشُّ على العروسين.
قالت ماما نفيسة باقتضاب وهي تقلب الصور:
- تزوج حسينة ابنة شقيقتي.
عضت على أسنانها بغيظ، وغادرت إلى المطبخ، وتنهدت ناقمة بلغة عربية مكسرة حاولت أن تكون مفهومة:
- لم أكن أرغب فيها زوجة لابني.
نكست رأسها ثم لاذت بالصمت، ربتُّ على كتفها ضاحكة:
- المهم قلبه مبسوط.
وأشرت إلى صدرها.

بين ميمونة وبهمن

انتابت ميمونة حالة من الحنق والغيظ، وصكت على أسنانها وهي ترى بهمن الصغيرة تقف أمام المرآة في دلال وغنج تلون شفتيها بإصبع أحمر الشفاه وتميل بخصلات شعرها الذهبية لتنسل على جانبها في حركة طفولية بريئة، لكن ذلك لم يعجب ميمونة رغم توصيات حسون بألا تكسر خاطرها يومًا، لكن نظرتها في التربية تختلف عن نظرته، وهي ترى أنه ليس من حقه التحكم في تربية بهمن ما دام بعيدًا عنها، حتى وإن كان يرسل لها مالًا وفيرًا كل شهر، فتدخر أكثره للمستقبل.

– ما شاء الله أصبحت تتزينين؟ ألم أحذرك من العبث بحاجياتي؟ هل أصبحت ميمونة تشعر بالمقت حيال عبث الصغيرة؟

فجأة لاح لها وجه أمها الراحلة أثناء ولادتها، لتعيد لها ذكرى ضرتها، لكن الصغيرة تظل ابنتها، وهي لا تعرف لها أمًّا غيرها، وكان حسون شديد الحرص على ألا يبدر منه ما يوقظ غيرة ميمونة من بهمن الأم، لكن ذلك لم يطمس الحقيقة وهي أنها ما زالت تسكن قلبه، وكان بحذره هذا إنما يخشى على بهمن الطفلة من أن تصب عليها ميمونة جام غضبها، لكنه سرعان ما يستبعد هذا الخاطر استنادًا على رحيل الأم الأبدي وأنه لا مبرر للغيرة منها.

من جانبه بعد أن أخفق رمضان مرات عدة في إيجاد عمل يوفر له حياة كريمة بعيدًا عن التصنع والتظاهر بالسعادة التي فارقته منذ أن فارق ابنته وبعد أن طال به التجوال في دول الخليج، لم يجد مفرًّا من العودة، على أمل تصحيح خطئه بحق ابنته التي تخلى عنها بمحض إرادته.

عندما تناهى الخبر إلى مسامع حسون نزل عليه كالصاعقة التي قصمت ظهره، وتمنى لو كان رمضان أمامه ليقضي عليه دون تردد، فقد خدعه مرة، وها هو ينكث بوعده في غيابه.

تحت الإضاءة الخافتة في المحكمة جلس رمضان، ووضع على الطاولة وثيقة زواجه من بهمن، وشهادة المستشفى بوفاتها أثناء ولادة الطفلة، في محاولة لسرد الحقيقة واسترجاع بهمن لحضنه. ولم يبدُ على القاضي أي ميل للتعاطف معه. تنحنح القاضي وقال:

- أخوك لديه وثيقة زواج أيضًا.

وأشار إلى مسمى أم الطفلة في وثيقة الميلاد الرسمية: ميمونة.

ظل رمضان واقفًا وهو في حيرة من أمره، كيف للقاضي التغاضي عن تاريخ العقدين وميلاد الطفلة، لكنه لم ينطق حرفًا، في حين كان كل الحضور قد انصرفوا من القاعة ومعهم الشهود، عندما رد القاضي دعواه.

اكتشف رمضان أن كل القرية تعرف أمر توقيعه في قسم تصديق الشهادات، لقد أخبرتهم ميمونة بالأمر فتوجس رمضان خيفة ولم يشأ أن يفكر في أخيه بهذا الشكل، لذا قرر أن يغادر بعد أن اقترن بإحدى الفتيات في قريته عسى ربه أن يبدله خيرًا مما فقد، ومضى أكثر من عام ولم تحبل زوجته أو تلد طفلًا.

ولكي تطمئن زوجها كتبت ميمونة إلى حسون لتخبره بما انتهت إليه شكوى رمضان الفاشلة، وأكدت له أنها لم تكن لتسمح لرمضان بانتزاع الطفلة منها، مهما حدث.

مع مرور السنين لم يبق في روح حسون شيء من الشغف القديم لدياره، خَفَت الحنين ولم يعد يعبأ.

تداولته السنوات بلا رحمة، وعصرت قلبه بالألم، ونثرت الشيب في ثنايا شعر رأسه، وملأت جبهته بالتجاعيد التي طالت حاجبيه، وأصبح يكابد مع

أبناء الفريج هموم الحياة، أو يتلذذ معهم بنعيمها، ولم يجد بدًّا في النهاية من جلب ميمونة وبهمن للعيش معه.

أخبار شمسوه بدت مريحة لماما نفيسة. ذات يوم رأيناها تضحك وكشفت عن سن مكسور يشبه سن ابنها، حين وضعت إطارًا ذهبيًّا أمام نسوة الفريج، يضم صورة لطفلة وليدة على جبينها بقعة من الكحل وأشارت:

- هذه فرحوووه بنت شمس الدين.

ومسحت بطرف غطاء رأسها الأسود دمعة طفرت على خدها وهي تخرج إحدى صوري وأنا صغيرة وتقول: فرحوووه.

قالت إن شمسوه أرسلها لها من زمن لكنها احتفظت بها، لمثل هذه المناسبة النادرة.

حقيقة باتان باكستان

صدق حدسي بعدم جدارة باتان باكستان بالثقة، فقد اكتشفت الشرطة أنه يوزع الخمور المحلية الصنع، في التجمعات العمالية، ويبدو أن عمله في فريج بن درهم نهارًا، إنما هو لذر الرماد في العيون، لتغطية نشاطه الإجرامي في الليل، وبعد القبض عليه وتفتيش غرفته في نجمة حيث يسكن، عثر فيها على عبوات من الخمور المحلية الصنع الجاهزة للتوزيع، ومعها مبلغ من المال لم يُفصَح عن مقداره، وحكم عليه بالسجن وبالجلد أربعين جلدة، وترحيله من البلاد. قوبلت هذه الحادثة بذهول تام من كل سكان الفريج، ولاكت سيرته الألسن لمدة طويلة.

سامية كانت الوحيدة التي أفصحت عن حزنها لرحيله، رغم ما كان يحدث بينهما من نزاعات على أجرة توصيلها إلى مقر عملها كل صباح، كان يعسكر أمام باب منزلها كل صباح، فإذا طال انتظاره يطالبها بخمسة ريالات مع أن الأجرة المعتادة هي ريالان فقط، وهذا مصدر الخلاف بينهما بين فترة وأخرى، وإذا اشتد هذا الخلاف تحلف بأغلظ الأيمان أنها لن تركب سيارته مرة أخرى، وفي اليوم التالي تجده بانتظارها ليوصلها إلى مقر عملها، وتنقده ريالين وهي تقول:

- اليوم ما في تأخير!

يأخذها بصمت ويذهب إلى حال سبيله.

كانت حسرتها عليه تتلخص في سؤالها التالي:

- يا خسارة، وأنا أتخانق مع مين بعد سفره.

بعد شهور من ترحيله قيل إنه عاد إلى البلاد، بجواز سفر جديد وباسم جديد، وأكد أحد سكان الحي أنه رآه بشحمه ولحمه يعمل في مطعم في مدينة الشمال، ولما حاول الكلام معه أنكر معرفته بأي شخص اسمه باتان باكستان.

ولم يلبث باتان باكستان أن تلاشى من ذاكرة الفريج وأهله.

الفصل السابع

صالحة في لندن

لندن هي المحطة الأولى للعلاج بالنسبة للخليجيين، بعد أن كانت بومباي تحتل هذه المرتبة، ومع الوفرة الاقتصادية التي توفرت مع اكتشاف النفط، تطورت الطموحات، ولم تعد بومباي تُرضي غرور المواطن الخليجي الذي بدأ يتطلع إلى مدن أكثر تطورًا في وسائل العلاج، فاتجهت الأنظار إلى لندن التي تحولت بعض شوارعها في ستينيات وسبعينيات وثمانينيات القرن الميلادي الماضي إلى شوارع عربية لكثرة توافد الخليجيين إليها.

لذلك عندما تَقرر علاج أم حمد في الخارج كانت لندن هي الاختيار الأول لهذه الرحلة العلاجية على حساب الدولة.

كانت علاقتي بصالحة قد عادت لما كانت عليه من الصفاء والمحبة. وكنت قلقة عليها، وأصبحت شغلي الشاغل في المنزل والمدرسة، فعندما أنصرف لمساعدة أمي في أي عمل يسرح ذهني بالتفكير في حال صالحة في لندن، وحتى عندما تنصرف المعلمة لشرح الدرس يكون فكري مشغولًا بصالحة وسفرها لمدينة الضباب. غريبة في بلاد غريبة، وفي المدرسة تنهض الطالبات باحترام ليفسحوا لمعلمة الرياضيات المرور، تجلس ونجلس بعدها، وتومئ رفيقة المقعد لي بالتحية. كنت مشغولة الذهن مرهقة التفكير لسفر صالحة، وكيف ستتدبر أمرها عندما يعود حمد إلى عمله، وتبقى وحدها دون مؤنس أو رفيق؟ شدتني زميلتي في الفصل من طرف قميصي كي تخرجني من شرودي، فأشرت لها بالصمت، وعاودت حزني.

سألتها قبل سفرها لأطمئن عليها:

- هل تظنين أنَّك قادرة على البقاء وحدك؟

- لست وحدي، معي أمي وأختي زليخة، والأهم أن معنا الله. لا تنسي أن المكتب الصحي سيتولى كل شيء.

أكدت عليها الاتصال بي إذا احتاجت لأي شيء.

كانت صالحة قد استقبلت خبر هذه الرحلة بشيء من الوجل رغم علمها بمرافقة حمد لهن حتى يطمئن عليهن قبل عودته للدوحة، اكتملت الاستعدادات للسفر من حجوزات للمستشفى والسكن وغيرها من الإجراءات المعتادة.

وكلما اقترب موعد سفرها اشتد حزني، الذي بلغ مداه عندما تحركت سيارة خالها الكبيرة في طريقها إلى المطار، وهي تقل صالحة وأمها وقلبي المتعلق بها، والطفلة التي رفضت بقاءها لدى نادرة لتتولى رعايتها مع راشد، فقط أودعتها مفاتيح البيت بعد أن أحكمت إغلاق أبوابه؛ لتتولى نادرة تفقده بين فترة وأخرى خلال غيابها الذي رجوت ألا يطول، ولتطمئن على أشيائها التي لم تستطع أخذها معها وقد طالت هذه الرحلة أكثر مما توقعت.

رأيت صالحة وهي تغالب دموعها عند الرحيل، فهي مقدمة على رحلة إن كانت تعرف بدايتها فهي لا تعرف نهايتها، رغم ما يتبدى لها من سهولة الأمر، لأنها تسافر مع أمها التي من أجلها يهون كل صعب، ومع أخيها الذي سيحرص عليها وعلى أمها حرصه على نفسه، كان فراقها صعبًا، ليس لي فقط لأني أفارق أعز صديقاتي، ولكن لها أيضًا لأنها تفارق أهلها وصديقاتها ووطنها.

ما إن قاربت على الوصول إلى مطار لندن، حتى حاولت تناسي كل شيء، وهي تواجه فترة جديدة من حياتها. نظرت من النافذة فإذا بالطائرة تنغمس في الغيوم الداكنة التي تتراكم في سماء مدينة لندن، واستعدادًا للهبوط شدت الحزام على الصغيرة التي استلقت على صدرها تنشد الدفء.

لاحت لها دنيا جديدة خلال النافذة الباردة التي ألصقت خدها عليها، التفتت حيث أمها والممرضة المرافقة وحمد، وبدت لها لحظة الهبوط وكأنها الحد الفاصل بين حياتين.

كان المكتب الصحي قد وفر لهم وسائل الاستقبال المريحة، وسارع مندوب المكتب لتخليص إجراءات القدوم، وجلب الحقائب بعد أن استعان بحمد للتعرف على هذه الحقائب.

اشتد وجيب قلب صالحة، التفتت لاهثة الأنفاس إلى حيث توقفت سيارة الإسعاف أمام مستشفى سامق، قرأت اللوحة المعلقة «ولينكتون هوسبيتال».

قال حمد:

- اذهبي بالطفلة إلى الشقة 53 الدور الخامس.

وأشار بسبابته إلى عمارة قريبة من المستشفى، ذات مدخل زجاجي واسع. ناولها المفاتيح التي أرسلت له مع سائق المكتب الصحي. وهرول وراء سرير أمه في المستشفى.

دعاها شعورها الخاص لخوض معركتها الجديدة بقلب قوي، ولم تعترض على مساعدة سائق التاكسي بحمل الحقائب إلى داخل الشقة، وهو بريطاني من أصل أفريقي لم تشعر منه بأي خوف أو قلق. اتبعت ما أملاه عليها أخوها حمد. وما أن أَلِفَت نفسها وحيدة في الشقة حتى سارعت إلى إغلاقها، ثم ألقت نظرة شاملة على الشقة، ورتبت ما أمكنها ترتيبه من أشيائها، وعادت لتتأكد من أنها أغلقت باب الشقة بإحكام. اغتسلت وصلَّت، واقتعدت الأريكة الطويلة. قالت وهي تطعم الطفلة: ينبغي ألا أتأخر على أمي. كان حمد قد أخبرها بأنه سيقضي الليلة مع أمه في المستشفى، أغمضت عينيها لعلها تحظى بدقائق قليلة من الراحة، وحينما فتحتهما كان نور الصباح يملأ المكان، والجو ينذر ببرد شديد، فتحت إحدى النوافذ فلفح وجهها بقسوة تيار هواء شديد البرودة، مما جعلها تسارع لإغلاق النافذة بسرعة، وراحت تتدثر بما هو متوفر من بطانيات السرير، وتتأكد من وضع الطفلة النائمة غير بعيدة عن المدفأة، وكانت قد جلبت معها ملابس شتوية تحسبًا لمفاجآت تقلب الطقس اللندني البارد.

بدأت صالحة تتأقلم مع وضعها الجديد، وتشتري لوازم الطبخ من سوبر ماركت قريب، تتوفر فيه جميع لوازم الأكلات الخليجية، وأحيانًا، تضطر لترك زليخة الصغيرة عند أمها في الحالات الضرورية، وما عدا ذلك فهي تلازمها كظلها.

بكت صالحة لوداع حمد عند مغادرته عائدًا إلى الدوحة بعد أن اطمأن بأن وضعهن على ما يرام، وطلبتْ منه البقاء معهن أطول مدة، وهي تدرك أن هذا أقصى ما يمكن أن يقضيه بعيدًا عن نادرة. ووعدها بالحضور في وقت قريب. وضعتْ في يده مغلفًا ملونًا باسمي، عليه صورة الباص الإنكليزي الأحمر، طلبت منه بإلحاح أن يخبرني عن ضرورة مراسلتها على عنوان أمها في المستشفى، هذا ما قالته لي نادرة وهي تسلمني الرسالة ذات العطر اللندني الفوّاح. فرحت بالرسالة أيما فرح. قرأت بعضًا مما كتبته صالحة:

(الطقس هنا لا يبشر بخير عليَّ أن أحمل المظلة باستمرار، وأن أغطي عربة الطفلة حتى لا تتبلل من انهمار المطر الغزير. رغم أنها كبرت على العربة، لكني أجد أن وضعها في العربة يطمئنني عليها أكثر، يومي أقضيه ما بين زيارة المستشفى لأطمئن على أمي، ورعاية الطفلة، وتنظيف الشقة والطبخ لأمي، لأنها ترفض أكل طعام المستشفى، بودي لو أستأجر ما يسمى بالاستديو فما حاجتي أنا لشقة من غرفتين. بدأت أتأقلم مع وضعي الجديد، بانتظار يوم العودة)!

صالحة

كتبتُ لها:

(صالحة صديقتي، منذ أن كانت أختي تجلس مقابلك وتقارن ما بين لون ظاهر كفك وكفها فأنهرها، وفي غفلة مني تحضر الصابون لتزيل السواد عنها فأضربها، ومنذ ما قبل ذلك وأنت الأثيرة إلى نفسي، أقلق لقلقك وأفرح لفرحك.

لقد فعلت ما طلبته مني في رسالتك، ذهبت بصورة جوازك إلى إدارة الشؤون الاجتماعية فطلبوا إقرارًا منك. وقِّعي الأوراق المرفقة وأعيديها، وسأتابع موضوعك مع الشؤون الاجتماعية حسب طلبك، حتى يستمر صرف مستحقاتك المالية في حينها، لا تفكري في أي شيء سلبي، واحرصي على نفسك أولًا، وكل شيء سيكون بخير).

فرحة

كلما وصلتني رسالة منها نظرت إلى كلماتها بعقلي، وأراها مغلوبة على أمرها بين ضعيفتين هي أقواهما في ملاذ بعيد. من المؤكد أنها كانت تُخفي عني خوفها. كتبت لها: (أرجو أن يكون طبيب القلب مخطئًا، وأن أم حمد لا يلزمها البقاء طويلًا في مدينة الضباب). وأقرأتها من الفريج السلام، ناسه وترابه وثمار زرعه وقيظ صيفه، وأنا. كتبت لي:

(أنا مطمئنة على أمي في المستشفى إلى حد ما، لكني منزعجة من العرب، فهم مزعجون، جلبوا معهم كل طباعهم السيئة، ولست مرتاحة في هذه الشقة التي أقطنها، لأن إزعاجات القاطنين في الشقق المجاورة ترهق أعصابي، وكأني في سوق واقف ولست في لندن).

صالحة

تجهم وجه حسون حينما علم أن غياب أم حمد وصالحة سيطول. كان رأسه يضج بصورة الطفلة زليخة التي كانت رؤيتها تسليه عن غياب بهمن الصغيرة، وعادت آلام صدره تؤرقه من جديد حينما سمعهم يقولون في الفريج: «أم حمد تحتاج إلى إجراء عملية وقد تطول فترة علاجها هناك».

صالحة لم يطب لها المقام في الشقة التي استأجرها أخوها حمد، قبل وصولهم إلى لندن، في عمارة كل سكانها من العرب، حتى مالكها العراقي قليل الحضور، تاركًا أمر إدارتها لأحد أقاربه الذي تقتصر مهمته على تحصيل الإيجار، وإصلاح ما قد يتعطل في إحدى الشقق، دون الالتفات لما يحدث في العمارة من فوضى عارمة، فكان لا بد لها من الخروج من هذه

الفوضى، وقد استأجرت «استديو» عبارة عن غرفة واحدة بمرافقها، يغطي أرضها خشب محروق، اقتنت سجادة صغيرة وضعتها في المنتصف، وفي أحد أركانها كنبة «صوفا بد» تتحول إلى فِراش يمكنها استخدامه للنوم مع الطفلة، وتركت السرير لأمها عندما لا تكون في المستشفى، والمدفأة قريبة منها، والشقة لم تكن قريبة من المستشفى، في البداية وجدت صعوبة في مراجعة المستشفى، حتى تعودت على استخدام الحافلة للتنقل بين مقر سكنها والمستشفى، في رحلة لا تزيد عن ربع الساعة.

(بذلك أخبرتني).

حينما قابلها مندوب المكتب الصحي لم يسألها عن صحة أمها كما تقضي بذلك واجبات المهنة، إنما قال:

- لماذا انتقلت للسكن بعيدًا عن المستشفى؟

تلقى صدرها الرحب السؤال، وابتسمت مشجعة على مزيد من الكلام:

- أقتصد في الإنفاق.

لكنها أسرت لي فيما بعد: أنها كانت تهرب من فوضى السكان العرب وتنشد الخلوة مع النفس.

فهمت منها أن الخلوة أفادتها، اقتصدت في الإنفاق، والتحقت بمعهد مسائي لتتعلم اللغة الإنجليزية. في الصباح ببرده القارس تصلي وتعد الفطور وبعد أن تفطر، تضع الطفلة كالمعتاد في عربتها وتدثرها بلحافها الصوفي، وتتجه إلى المستشفى وهي تحمل كوب القهوة وإفطار أمها وغداءها في حافظات صغيرة للمحافظة على حرارة الطعام، لتصل إلى أمها في مدة لا تزيد عن نصف ساعة، إذا أخذنا في الاعتبار وقت انتظار الحافلة.

تطعم أمها مما طبخته، وتذاكر دروسها في اللغة الإنجليزية، وقد تغفو مع أمها والطفلة، قليلًا، وتعود عصرًا إلى المعهد ثم مقر السكن بالوتيرة اليومية نفسها ودون كلل أو ملل.

لم تجزع صالحة للخسارة التي منيت بها بفقدان أبيها، وكأن موته جاء ليخفف عن كاهلها عبء الحلم والانتظار. وقد ملكت حرية القرار في شؤونها الخاصة دون ولاية من أحد، تبدت لها جميع الخسائر التي صفعتها طوال حياتها، وكأنها لم تكن.

ذات صباح لندني شديد البرودة، أعلنت أم حمد بمرارة، وهي تعبر عن استيائها الحاد:

- إنهم لا يحترمون حزني وكأني حزمة قش!

باحت زعفران بلواعج صدرها وهي تغطي شعرها بغطاء رأسها القطني الأسود، وكانت غارقة في البكاء وهي تسرد مآثر زوجها وخصاله الحميدة، والممرضة تحاول أن تعيدها إلى هدوئها بلغة غير مفهومة بالنسبة لها، لكنها واصلت نحيبها عندما وصلت صالحة لتسمعها تقول:

- لا يمكن تأجيل الموت دعوني أعُد إلى دياري!

حاولت صالحة تهدئة أمها والتخفيف عنها، عجبت من نفسها وهي ترمق كراسي المستشفى الباردة بقلب حزين، واكتشفت لأول مرة أنها لم تذرف دمعة واحدة على فقد أبيها! بينما ترى دموع أمها تنهمر وهي تذكر محاسن زوجها الراحل.

قالت لأمها:

- غيري ريقك يمه الشوربة ساخنة، لم يتبق من أيام علاجك إلا القليل، نكملها ونعود للدوحة.

علقت الأم بقولها:

- الله يسمع منك يا بنيتي.

في آخر مكالمة هاتفية شعرت من نبرات صوت صالحة أن ثمة أمرًا ما يقلقها. انطفأ شغفها بدراسة اللغة الإنجليزية، ولم تعد تتحدث عن الطفلة وأمها، أدركت أن هناك لغزًا لم أستطع كشف حقيقته. حاولت تشجيعها على

البوح بما تضمه جوانحها من المشاعر، وكانت تجيب بالصمت، اعتراني شك مريب، وشعرت بها تتلهف على إنهاء الحديث.

ترى هل هبت على قلبها نسمات حب دافئة في الليالي اللندنية الباردة؟ لم تقع جاذبية صالحة موقع شك عندي فهي قادرة على استمالة قلب أي رجل إلا إذا كانت أبواب قلبه مقفلة بحب امرأة أخرى كما كان حال سعد.

دفعتني شكوكي حولها لأن أكتب لها خطابًا حول ما يقلقني من تغير أحوالها:

(وختامًا صديقتي هل نَبَضَ قلبك من جديد)؟

قالت متهكمة في اتصال هاتفي وقد امتعضت لسؤالي:

- مضى زمن الزواج. مضى إلى غير رجعة!
- لمَ يا صالحة ما زلتِ صغيرة هل هناك من فاتحك بأمره؟

وفاجأتني بقولها:

- نعم. هناك من فاتحته أنا بأمري لكنك تعرفين. كيف أتزوج؟ ومن يرعى أمي والطفلة زليخة؟

ما تعيشه صالحة من ظروف مزدحمة بالمشاكل والهموم، كل ذلك حال بينها وبين التفكير في الزواج، أو بمعنى أدق دفعها للتريث قبل الإقدام على الزواج. أسفت وسكتُّ حتى حين!

كانت تشكو:

(جو المستشفى بارد وموحش يا فرحة، رأيت ألوانًا من العذاب هنا، بالقرب من غرفة أمي، هناك من يتقيأ ومن يصرخ من الألم ومن ينزف، وأقدام الممرضات دومًا عجلى، وحينما أرى أمي متوعكة أنتفض رعبًا، وأخشى أن تكون النهاية. كل شيء بأمر، الله. لكنني أطلب دومًا ألا يحدث لها ما أخافه خاصة ونحن نعيش في بلاد غريبة وظروف صعبة).

صالحة

محمد ولد شيخة

أخبرتني أنه بالقرب من غرفة أمها في المستشفى، غرفة أخرى يقيم فيها شاب بهي الطلعة، يمر أحيانًا بضائقة فيبكي كثيرًا، علمت أنه جاء إلى الفريج منذ ولادته، وسرت شائعة بأن أباه توفي، وانشغل الجميع عنه ونسوا أمر تسميته.

أعلن جده لأمه عن الرغبة في تربيته، وانضم إلى أسرة أمه في فريج بن درهم، وهو في أسبوعه الأول، ثم تذكروا أنه بلا اسم، وحمل اسم أمه شيخة! واسمه الحقيقي هو محمد بن حجي، لكن لا أحد يعرفه إلا باسم محمد ولد شيخة، ثمة همس خفي أنه ابن يتيم، والده توفي في حادث سيارة، وأصيبت أمه بمرض عضال لم يمهلها طويلًا حتى رحلت وهو في أسبوعه الأول، وكانت شيخة أرملة وحزينة لفقد زوجها، فلم يجد والدها ليخرجها من حزنها إلا أن يأتي به إليها، وانتقلت الأسرة من مدينة الشمال لتعيش في فريج بن درهم، ومحمد لم يكمل أسبوعه الأول. ومع مضي الوقت لم يعد أحد يسأل عن حقيقة أصل محمد ولد شيخة.

وجود غرفة محمد ولد شيخة بقرب غرفة أمها طمأن نفسها، وتذكرت أنها رأته يومًا يسير خارج المستشفى مبللًا تحت المطر، بثوب غير مقفل الأزرار من الخلف، وكانت وجهته مقهى ملاصقًا للمستشفى، لحقت به وطلبت منه أن يقف لقفل الأزرار المفتوحة.

لم يبدِ أيَّ مقاومة. رفع رأسه قائلًا: «الله يرفع قدرك». وسارا معًا، فاطمأنت نفسها إليه، وما إن سألها عن حالها حتى راحت تسرد عليه حكايتها

حيث استمع لها باهتمام واضح، مما دفعها للثقة به، وقد جمعت بينهما الغربة والألم، وفي الغربة كثيرًا ما تأتلف القلوب التي يجمعها وطن واحد، وكأن وشائج ذلك الوطن تمتد لأبنائه أين ما كانوا، ليصبحوا أشد تمسُّكًا به أكثر مما لو كانوا في رحابه.

استبشرت خيرًا بمحمد ولد شيخة فهو شاب مهذب، لولا نوبات التوتر التيَ تنتابه أحيانًا، وصالحة واثقة من أنه يخفي الكثير من خبايا حياته عنها، أما هي فقد تعرت من كل جزئيات حياتها أمامه. خلَّفَت زياراته المتتالية إلى غرفة أمها تعلقًا به وشوقًا إليه، إذا ما تخلَّف يومًا، إلا أن ما يقلقها أنه لا يذوق طعم النوم دون أن يتناول المهدئ ولم تعرف سر مرضه بعد.

حضرت شيخة أم محمد لزيارة ابنها الذي لم يعرف أمًّا أو أبًا سواها، كانت صالحة تظن أنها وحدها التي تعيش معه في لندن أثناء فترة علاجه، لكن حضور أمه أربكها، خاصة بعد أن نظرت أمه إليها نظرة جفلت منها، اجتاحها شعور غريب يتناقض تمامًا مع فرحتها به، هزت رأسها طاوية في صدرها مشاعرها الخفية. قالت بوجوم تسأله:

- من معك هنا؟

- هذه أمي جاءت من الدوحة لزيارتي وستعود قريبًا.

سألت أمه:

- ما حقيقة داء محمد؟

أبى عليها كبرياؤها أن تلح في السؤال، وكانت تحضر له الطعام بعد أن استساغه وأصبح في رعايتها مع أمها وزليخة، وهذا ما لم يعجب أمه التي كانت تتظاهر بعدم الاكتراث حينما كان محمد يثني عليها، همست الأم لها ذات مرة ربما لتغيظها:

- لا أظنه ناجيًا من مرضه.

دون أن ترد استدارت وغادرت.

كيف لأم أن تتوقع لابنها هذه النهاية؟
انتهزت لحظة غياب أمه لأمر ما، واستحضرت كل ما تملك من الشجاعة، وسارعت إلى القول:

- ما الذي يمنعك من الزواج؟ أخي سوف يحضر في نهاية الشهر، ويوجد مسجد قريب نعقد به القران، ونوثقه في السفارة.

نهض في الصباح التالي مبكرًا ونشيطًا. فتح النافذة وأطل على الشقق المواجهة لبوابة المستشفى. لزم الصمت. وكأنما أجهده التفكير فيما قالته صالحة البارحة. فكر ثم ابتسم سعيدًا.

دُهشتُ أول وهلة ثم غمرني الارتياح وتسللت إليَّ نسمة من السعادة. عجزت بعدها عن تخيل المغامرة التي ستقدم عليها صالحة، ثم قررت مشاركتها في أفراحها، هذه فرحة العمر بالنسبة لها ولا يمكن أن أخذلها في هذا الظرف الحرج من حياتها.

لا يجوز أن أتخلف عنها، كما أنها حمَّلتني وصية بأن أبعث مع حمد ثوب زفافها القديم. كان حمد قد قرر زيارة أمه وأخته بعد مضي ما يزيد على ستة أشهر من وصولهم إلى لندن، وكنت قد سألتها عن محمد ولد شيخة:

- هل هو شخص صالح للزواج؟

هالها ما قلت وأجابت:

- سوف أتزوجه.

أدركت تصميمها على ما هي عازمة عليه.
لم يتمثل لعيني صالحة محمد ولد شيخة مريضًا بقدر ما تمثل لقلبها رجلًا، وكانت ترقب حظها في صبر ورجاء.

جئت إليها برفقة أخي أحمل ثوب الزفاف الذي اشتريته لها هدية بدل ثوب زفافها السابق الذي طلبت مني إحضاره، ولم يرق لي أن تتزوج في

ثوب عرسها القديم، فقررت أن تحظى بثوب زفاف جديد، وقد اخترته بعناية بعد أن تهاوت صرامة أمي أمام إصراري على السفر لحضور زفاف صالحة، وسمحت لي بالسفر، برفقة أخي، ووالدي أيضًا لم يمانع ما دمت برفقة أخي، حصل حمد على موافقة أخي ليكون شاهدًا على عقد القران في مسجد «الريجنت» ووافقت شيخة أم محمد على زواج ابنها على مضض!

آويت الطفلة معي في تلك الليلة، عندما جاوزت صالحة بوابة المستشفى وقد بلغ بها التأثر مبلغه وهي تجر ثوب زفافها الجديد. سارت متكئة بسمرتها على ذراع محمد البالغ البياض في طريقهما إلى الفندق المجاور، وكانت ذات حسن وأناقة صفق لها الجميع وقلبها ينبض بصفاء وأمل كبير في حياة جديدة. كانت تشكل مشروع زواج ناجحًا، إذا تيسر لها من يقرُّ بقدرتها على صنع السعادة له، حدثتني عن محمد ولد شيخة وإعجابها به، وقد رأت فيه الرجل الذي يمكن أن تستودعه قلبها، وهي مطمئنة على أنه سيحافظ على حبها له، وسيكون من دواعي سعادتها أن تخدمه طوال حياتها حتى وإن كان مريضًا الآن، فإن الأمل في شفائه كبير. لم تحدثني عن مرضه الغامض لأنها لا تعرف علته، وتقول إن الأطباء أنفسهم عجزوا عن اكتشاف مرضه، سألتها:

- هل هو مرض جسدي أو نفسي؟

قالت:

- لا أعرف.

عدت إلى الدوحة بعد أن ودعتها متمنية لها حياة سعيدة، مع وعد بالتواصل الدائم بيننا.

في المدرسة الثانوية

تلاحقت أيام الاستعداد للمدرسة الثانوية، جاءت العطلة الصيفية، وطلبتُ من أمي أن أقص شعري فأخذتْ تتمتم ببعض كلمات فهمت منها ومن تكشيرة ماما نفيسة الرفض، وحينما دخلت الغرفة وجدت الغشوة السوداء «غطاء الوجه» فوق المشجب، ساءني التغيير الذي غزا أفكار أمي. سألتها:

- هل عليَّ لبسها؟

نصبت ماما نفيسة نفسها رقيبًا جديدًا عليَّ، وأمام بوابة المنزل من الداخل وقفت تحمل الغشوة وحسون أمام البيت من الخارج يردد:

- أنتِ كبيرة لازم غشوة.

- لا.

انزعجت ماما نفيسة من رفضي، ثبتت عينيها في ذهول وأنا أركب حافلة المدرسة وهي تمد يدها بالغشوة والحافلة تتحرك، واعترتها خيبة الأمل التي بدت واضحة على محياها.

عندما علمت أمي برفضي لبس الغشوة، غضبت وتوعدتني بالويل والثبور وعظائم الأمور، بينما والدي لم يحرك ساكنًا بالنسبة لهذا الأمر، لا أعرف ما إذا كان أبي وأمي متفقين على أنه إذا رفض أحدهما أمرًا يتعلق بي فإن على الثاني أن يوافق عليه، أم أن المسألة مجرد مزاج أنا ضحيته، في الحالتين، لأني إن لم أحصل على موافقة الاثنين فهذا يعني الرفض لطلبي، إذ لا يمكن أن أرضي أحدهما على حساب الآخر. فضلت أن أستعين بماما لولوة لعلها تقنع والدتي بعدم الإصرار على لبسي للغشوة، فهي في نظري مجرد مظهر لا علاقة

له بعفة الفتاة وحسن أخلاقها، وأعرف أن ماما لولوة لها مكانة خاصة في نفس أمي، بحيث لا يمكن أن ترد لها طلبًا.

قالت لها ماما لولوة:

- فرحة ما زالت صغيرة.
- أنت ترين يا أختي بنات اليوم وجرأتهن غير المعهودة، وأخاف عليها من بنات السوء.
- اطمئني. فرحة فتاة عاقلة وتعرف كيف تحافظ على نفسها. أنا شايفة إن قلقك في غير محله.
- هي لم تعد فتاة رهينة المنزل. أصبحت تخرج مع صديقاتها، ولم يعد من اللائق أبدًا خروجها هكذا دون غشوة.

أمي وماما لولوة اتفقتا على قرار ملزم نفذته دون نقاش، يتلخص في عدم لبس الغشوة عند الذهاب للمدرسة، ولبسها عند الخروج مع صديقاتي للتسوق أو للزيارات الخاصة، ولم يكن لي أن أخالف هذا الاتفاق حتى وأنا بعيدة عن أعينهن. ماما نفيسة لم تكن راضية عن ذهابي للمدرسة دون غشوة، ولم تجد جوابًا عندما سألتها:

- هل تعرفون الغشوة في الهند؟

كانت مرحلة الدراسة الثانوية ثرية بالمعرفة، وسعة الأفق، والمشاركة في الأنشطة الثقافية، سواء ما كان منها في المدرسة أو في المؤسسات الثقافية التي بدأت تظهر في المجتمع كعلامة دالة على تطور المجتمع، وانفتاحه الإيجابي على كل جديد في العلوم والآداب والفنون. مما ساعدني على مواصلة الكتابة في الصحف بين فترة وأخرى.

انتهت مرحلة الدراسة الثانوية بنجاح.

كنت بين خيارين، إما أن أكمل دراستي في إحدى الدول العربية، أو أسافر إلى الغرب، والدي ووالدتي تركا لي حرية الاختيار، وفضلت الدراسة

في الغرب، أولًا لكي أكتسب لغة جديدة، وثانيًا لأتعرف على حياة جديدة لن أجدها في أيٍّ بلد عربي، فكرت في بريطانيا، لكني أعرف أن صالحة ستعود منها إلى الدوحة عاجلًا أو آجلًا وأنا ذاهبة للدراسة وليس لقضاء الوقت مع صديقاتي، لذلك اخترت أمريكا التي كان الإعلام يصورها على أنها جنة الله في أرضه، ومعقل الحرية وحقوق الإنسان، وهي في الحقيقة كذلك ولكن للأمريكان وليس لغيرهم من الوافدين من كل أصقاع الدنيا كما هو واضح من تعقيدات إجراءات الهجرة بالنسبة للأجانب، ومع ذلك تظل الشهادة من جامعاتها الكبرى لا تضاهيها أي شهادة. ما عدا ما يقال عن جامعة كامبردج في لندن والسوربون في باريس، أما أنا فلا لندن تستهويني ولا باريس. الأولى لفوضى الحياة فيها والثانية لأني سأبدأ من جديد في تعلم لغتها.

كانت إجراءات البعثة قد انتهت تفاصيلها، وكان لا بد لي من مرافق، وهي المهمة التي تولاها والدي حتى استقرت أموري، بعد أن أمضى معي فصلًا دراسيًّا كاملًا ثم عاد إلى أرض الوطن، وقد اطمأن على أن كل أموري تسير في اتجاهها الصحيح.

السماء في ليلة السفر كانت صافية، وكذلك النفوس التي لم يكدرها سوى ألم الفراق، عانقت أمي وماما لولوة وماما نفيسة، بمشاعر تفيض بالحنين، اختلطت دموعي بكلمات الوداع، وسيل من وصايا أمي مع دعواتها لي بالنجاح والعودة بالشهادة التي تشرفني وأسرتي ووطني. بعض من صديقاتي وزميلاتي، وشباب من الحي وعلى رأسهم أخي، أَبَوْا إلا وداعي في المطار.

نظرت من نافذة الطائرة إلى فريج بن درهم الذي يملك وحده سر جماله الآسر، وسر ألقه البارز على الوجوه، وهو يتضاءل وتخفت أضواء منازله.

كانت وجهتي أمريكا للدراسة. أفكر بإمعان في مستقبل صعب، يخفف من صعوبته وجود والدي بجانبي.

تذكرت صالحة التي التزمت الصمت حيال لغط الألسنة التي انتهكت خصوصية حياتها، بشتى الطرق، وقد ضج الجميع حينما علموا بزواجها من محمد ولد شيخة الشاب المتعلم أبيض البشرة، الذي لم يسبق له الزواج وهم يتساءلون كيف يقترن بامرأة مطلقة ترعى عجوزًا وطفلة؟ وأطلقوا عليها قذائف من التهم الظالمة وقالوا: «إن المرأة السوداء استغلت مرضه وضعفه».

وما أسوأ النفوس التي لا ترى من الحياة سوى وجهها المتجهم.

ولو عرفوا حجم تضحيتها بالزواج من محمد ولد شيخة لما قالوا عنها ما قالوا، لكن الناس عندما يحكمون على غيرهم ينسون في الغالب أن ظواهر الأمور لا تعبر دائمًا عن حقيقتها.

كانت الرحلة طويلة إلى أمريكا، نمت في الطائرة وقرأت، ثم نمت وقرأت وشاهدت ثلاثة أفلام، وزارني طيف أمي وهي تقرأ وردها الصباحي من القرآن الكريم، وحولها هالة من نور الإيمان، وعندما تنهي جلستها مع كتاب الله، تقبله قبل أن تضعه على رأسها إجلالًا وتعظيمًا لكلام الله. لتندمج في دعاء طويل رافعة كفيها إلى خالقها بأن يحفظ لها أحبابها، ويعيد لها ابنتها التي تعيش في بلاد الغربة بعيدة عنها، وقد ودَّعتها ذات مساء قائلة: «استودعتك الله الذي لا تضيع ودائعه».

وأخيرًا وطئت قدماي أرض الدنيا الجديدة.

أعرف أن للسفر متعته، لكن هذه المتعة تتضاعف إذا كان الهدف نبيلًا كالدراسة الجامعية، ولا سلاح يضاهي سلاح العلم في معركة الحياة، وما من سلاح إلا وتكون البداية صعبة لإتقانه إلى أن يتحقق التعود عليه ليصبح أمرًا عاديًا وسهلًا.

التعود على الحياة في أمريكا ليس سهلًا، ليس بسبب اختلاف المناخ الثقافي والحياتي فقط، ولكن أيضًا في الانسجام مع مجتمع جديد، متخم بالسلبيات كما تقدمه آلة الإعلام وأفلام هوليود، حيث انتشار الجريمة وتعاطي المخدرات من جهة، وسطوة الرجل السوبرمان من جهة أخرى، دون المساس بقوة القانون، وسيطرته على جميع مفاصل الحياة.

لا شك أن التعايش مع أي مجتمع جديد يحتاج إلى الكثير من الصبر وقوة الاحتمال، وقد هيأت نفسي لكل هذه الاحتمالات.

في أمريكا

عندما عدت هذا المساء لم أكن أتوقع ما كان ينتظرني، وقبل أن أدير المفتاح في قفل باب الشقة الصغيرة التي أقطنها بالقرب من الجامعة، في إحدى ضواحي مدينة «آن آربر» الهادئة، إحدى مدن ولاية ميشيغان. وجدت صندوقًا يحمل طابعًا إنجليزيًّا بجانب عتبة الباب، حركته بطرف حذائي، وتركته لأختلس النظر حولي، إن كان هناك شخص آخر في المكان تركه... لم يكن ثمة أحد، خمنت أن ساعي البريد هو من أتى به. دفعته إلى الداخل بقدمي، علقت المعطف وقبعة رأسي الصوفية وحقيبة كتبي على المشجب المتواري خلف الباب، جثوت على ركبتي أفض الغلاف البلاستيكي، ولا زلت أنشد الدفء من برودة الطقس، بعد أن انهال رذاذ الثلج بكثافة هذا المساء.

رسالة منتصف الليل

مطلقًا لم أكن أتوقع أن يحمل هذا الصندوق اسم صالحة، رفيقة الطفولة والشباب والذكريات الجميلة والأحلام العريضة، لبُعد المسافة بيننا زمانًا ومكانًا، لكن القدر عندما يشاء تأتي مفاجآته مفعمة بما يهز المشاعر، فكان وقع رسالتها على قلبي كالغيث الذي يروي عطش الأرض اليباب.

قرأت الرسالة. كان المساء يوغل في ظلامه. استباحني الرعب وانتفض قلبي، جاء صوتها صارخًا مستغيثًا: من أين واتتها تلك القوة على مداهمة سكينة هدوئي في منتصف الليل؟ فيمَ كل هذه القسوة لترميني بحجارة كلماتها التي تُشبه في عباراتها ظُلمات ليل هذه المدينة، التي يغزوها الشتاء أكثر من ثلثي العام، وتظل جذوع الشجر فيها جرداء إلا من بقايا ندف الثلج الذي نَسج خيوطه حول أغصانها، فأبت أن تذوب وأخذت تتقاطر كقطع غيم ينوء بثقل الغيث. ثم ما الذي جعل صالحة تنهض كالعنقاء من تحت الرماد؟ وتسكب صهد أوجاعها على نافذة روحي؟ أنا التي لم يساورني أدنى شك في أن سفينتها قد وجدت مرفأ الأمان الذي تنشده. وجاءت هذه الرسالة لتنسف من ذهني كل تصوراتي، وبقي اليقين في شوقي إليها. انتصب وجهها أمامي وأنفها الذي يحمل دومًا زمامًا ذهبيًا.

وقع بصري على أوراق بالية اصفرَّ لونها وثنيت أطرافها، فتحتها فوقعت منها صورة صالحة بثوبها الأخضر منفوخة البطن والشفتين، وزليخة الصغيرة تتوسَّد بطنها وهي تشد على أصابعها التي تتلمس عروق رقبتها النافرة، نظراتها ذابلة، وكأنها أفرغت من رفاتٍ عمره مائة عام.

بين الألم والحلم

لم يكن انقطاع اتصالي بصالحة بالأمر الهين، فقررت أن أفاجأها بزيارة خاطفة، أطمئن فيها على أحوالها وما استجد من أمورها، وهي الغالية على قلبي التي تستحق مني هذه الزيارة، وأنا على يقين لو أنها كانت مكاني لما ترددت لحظة في القيام بهذه الزيارة رغم البعد الشاسع بين مدينتينا.

انهالت عليَّ ذكريات كثيرة غزتني وغرست أظافرها الحادة في حدقتي عينيَّ، وانهالت كصواعق البرق تشوي جلدي.

كانت السماء تبرق وتومض فضية، ونحن نوشك على الهبوط في مطار هيثرو في العاصمة البريطانية، في ليلة قاسية البرودة من ليالي شهر يوليو. لا أعلم لماذا تذكرت الجملة الأخيرة في إحدى رسائل صالحة التي تقول: (كان زوجي يصفعني كل يوم على وجهي حتى أصبح الجانب الأيمن من وجهي شبه مائل). استعذت بالله من الشيطان الرجيم وأنا أهز رأسي يمنة ويسرة لكي أطرد هذا الخاطر الذي فاجأني، وتساءلت في هذه الحالة هل سأرى نصف الوجه المائل من صالحة؟ كانت لدي رؤية مختلفة كليًّا عن كل ما حدث لها. كانت صالحة فتاة مجتهدة في حياتها محبة لأسرتها وزوجها، لماذا إذن تُجابه بكل هذا العنف؟

أصناف من البشر تدافعت في المطار للخروج من البوابة الرئيسية وحينما أومأت لسائق إحدى سيارات الأجرة، رأيت امرأة واقفة عند بوابة القدوم، مرتدية معطفًا رماديًّا يميل إلى الزرقة، وفي يديها قفازان أخضران وتتلفع بشال رمادي عريض يغطي صدرها ورأسها، وحينما وجهت لي التحية حاولت

تذكر أين رأيتها؟ وفجأة بزغت في ذاكرتي كنجم هوى من السماء ليصطدم بحجر، وتذكرت: إنها عفرة تلك الفتاة التي كانت تناولني من نافذة الفصل خبز الزعتر وزجاجة الكوكاكولا في مدرسة خديجة بنت خويلد، حينما كانت تحبسني المعلمة ولا تسمح لي بمغادرة الفصل في الفسحة.

حملقت في وجهها وكأنه مصاب بطفح جلدي من شدة احمراره، وعيناها متورمتان. تفرك بأصابعها أسفل شحمتي أذنيها باستمرار وهي تزيح الحجاب، ودون توقف قالت كلامًا كثيرًا. وأسهبت في الحديث الذي لم أعِ الكثير منه، وكانت صالحة قد حدثتني عن لقائها بعفرة في لندن، ولشدة المفاجأة بلقائها في مطار هيثرو، لم يرد على خاطري الحديث معها عن صالحة.

حينما ركبت سيارة الأجرة بغية التوجه إلى بيت صالحة سمعتها تردد قبل أن أقفل زجاج النافذة دون صوتها، وهي تنشج وتصرخ، وتومئ بكلتا يديها:

«صالحة غير موجودة، سافرت، ذهبت، راحت!».

وأجهشت بالبكاء.

عندما أفكر بكل هذا الآن أشعر بطعمٍ مُرٍّ كالعلقم في فمي، لماذا لم يستوقفني حضورها؟ وأنا التي لم ألتق بها منذ سنوات المدرسة الابتدائية، بعد أن تزوج أبوها بامرأة من ساحل عمان إثر وفاة أمها وانتقالها إلى مدرسة أخرى؟ وماذا كان سبب وجودها في تلك اللحظة في المطار؟ وكيف علمت أنني قدمت إلى لندن من أجل صالحة؟ أما كان الأجدر أن أمنحها القليل من وقتي؟ يبدو أن لهفتي للقاء صالحة أنستني القيام بمثل هذه المجاملة.

في تلك الليلة خابرت أمي بعد أن قرعت جرس الشقة التي أوصلني إليها العنوان الذي جاءت منه قبعة صالحة، وقد أتيت بها من أمريكا فوق رأسي، جلست وحقيبتي أمام الباب، وحينها توقف أحدهم أمامي قائلًا:

- هل أستدعي لك سيارة أجرة؟ يبدو ألا أحد هنا، والبرد شديد.

لم يكن هناك ضوء، استعدت صوت أمي حينما علمت أني سوف أقلع الليلة لملاقاة صالحة في لندن، وبصعوبة استمعت لها وهي تصرُّ على عودتي:
- يجب ألا تكوني هناك، إذا كان لديك متسع من الوقت عودي إلى الدوحة، احرصي على أن تفعلي ذلك بأقرب فرصة تسنح لكِ.

هذا ما قالته أمي... وبالطبع لم أعد إليها. سبع ساعات من الطيران بعد أن أقلعت من مطار شيكاغو في الولايات المتحدة الأمريكية. وهأنذا هنا أجلس أمام عتبة باب بيت صالحة في سكون تام، ويداي جافتان من قسوة البرد، وسائق سيارة الأجرة الذي قصصت عليه كل الحكاية يسألني:

- إنه أمر مريع. أن تعودي في الليلة نفسها! ثم هل قالت لك أمك شيئًا آخر؟

هززت رأسي نفيًا وتعثرت بحقيبتي... ثم علمت فيما بعد أنه في تلك الليلة التي حطت فيها إحدى طائرات الخطوط الجوية الأمريكية (أميركان إيرلاينز) التي أقلتني إلى مطار هيثرو... كانت تقبع بالقرب منها إحدى طائرات خطوط طيران الخليج التي تستعد للإقلاع في طريقها إلى الدوحة، وعلى متنها صالحة، ساكنة باردة كقالب ثلج، وفي أحشائها جنين بارد صامت مثلها، وبرفقتها أخوها وأمها وأختها زليخة التي لم تعد صغيرة، ولم يكن زوجها ضمن الرجال العائدين معها.

✻ ✻ ✻

أنظر من نافذة الغرفة التي أسكن فيها بعد أن انتقلت من مدينة (آن آربور) إلى مدينة (ميشاواكا) في ولاية إنديانا، وابتعت سكنًا صغيرًا فيها، وأصبحت أعمل في إحدى جامعاتها، وأرى السيارات التي غطاها رذاذ الثلج المتراكم عليها، وهي تلمع تحت أضواء مصابيح الشارع التي ستطفأ بعد دقائق عندما ينبلج نور الصباح.

أندس تحت لحاف فراشي أطلب الدفء، وأستجدي الذاكرة لعل طيفًا شاردًا من فريج بن درهم يحط رحاله في هذه الرحاب الباردة، ليبعث الدفء في كياني. أغفو وقلبي متعلق بهم هناك... أمي وأبي وأختي وأخي وأهلي وصالحة، والفريج وأهله ودروبه ومنعطفاته وأرضه وسماؤه، ومآذن مساجده وهي تصدح بالأذان قبل كل صلاة.

آه يا صالحة، ما أصعب الفراق الذي لا ننتظر له لقاء!... كم نتألم! لكننا ما زلنا نحلم!